UM LUGAR NA JANELA 3

MARTHA MEDEIROS

UM LUGAR NA JANELA 3

RELATOS DE VIAGEM

Texto de acordo com a nova ortografia.

Capa: Marco Cena
Foto da contracapa: Acervo pessoal. Fotos à esquerda, Cusco, Peru. Direita superior: Lisboa, Portugal. Direita inferior: Alegrete, Rio Grande do Sul.
Preparação: Jó Saldanha
Revisão: Patricia Yurgel

CIP-Brasil. Catalogação na publicação
Sindicato Nacional dos Editores de Livros, RJ

M44L

Medeiros, Martha, 1961-
    Um lugar na janela 3: relatos de viagem / Martha Medeiros. – 1. ed. – Porto Alegre [RS]: L&PM, 2022.
    128 p. ; 21 cm.

ISBN 978-65-5666-279-4

1. Crônicas brasileiras. I. Título.

22-78432   CDD: 869.8
                     CDU: 82-94(81)

Gabriela Faray Ferreira Lopes - Bibliotecária - CRB-7/6643

© Martha Medeiros, 2022

Todos os direitos desta edição reservados a L&PM Editores
Rua Comendador Coruja, 314, loja 9 – Floresta – 90.220-180
Porto Alegre – RS – Brasil / Fone: 51.3225.5777

PEDIDOS & DEPTO. COMERCIAL: vendas@lpm.com.br
FALE CONOSCO: info@lpm.com.br
www.lpm.com.br

Impresso no Brasil
Inverno de 2022

Ele rema, cavalga, navega, tem milhares de quilômetros rodados e horas de voo. É um furacão, uma usina, não faz concessão ao desânimo. Pedro, esse livro não é meu. É nosso.

SUMÁRIO

Não fique em casa 11
Viajar sozinha 17
Um mês inteiro em Paris 25
O Amazonas 45
Um pequeno país bem resolvido 55
Pampa profundo 59
Mar, amor e medo 63
Rio de Janeiro, revisto e ampliado 71
Portugal, o reencontro 77
Mi Buenos Aires (*más o menos*) querido 89
Sapucaí em Cusco 99
Praga e Berlim, antes e depois 109

Todas as viagens aqui narradas foram feitas antes da pandemia do coronavírus, portanto, é possível que muitos lugares citados tenham fechado provisória ou definitivamente.

NÃO FIQUE EM CASA

Ninguém sabia que vírus era aquele que havia surgido no interior da China e que se derramava pelos cinco continentes, atingindo desde grandes metrópoles até ilhas minúsculas no meio do oceano. A perplexidade era tanta que o slogan "Fique em casa" se alastrou com a mesma ligeireza. As pesquisas para criar uma vacina iniciaram também a jato, mas até que ela fosse desenvolvida e aprovada pelos órgãos internacionais de saúde, a única maneira de estancar a transmissão da covid-19 era manter o distanciamento social. Está vendo aquele sofá em frente à tevê? Seu novo destino turístico.

Não foi fácil. Os sortudos que podiam continuar trabalhando em casa, de forma remota, sofreram menos, não perderam o emprego nem o salário, mas muita gente foi dispensada pelos patrões e enfrentou dificuldades para se sustentar, e muitos patrões também se tornaram desempregados: viram seus negócios falirem e as economias minguarem. E isso tudo é pouco diante da consequência mais nefasta – milhões de pessoas, no mundo todo, perderam a vida.

Estou entre as sortudas. Há mais de vinte anos trabalho em casa, escrevendo. Tenho paixão por ficar recolhida no meu canto, não só digitando no computador, onde crio meus textos, mas também cuidando das plantas da sacada, relendo Caio Fernando e Millôr, escutando Chet Baker enquanto arrumo os armários, tomando um vinho do Douro em frente à lareira. Problema zero em não socializar por alguns dias. Ou por muitos dias. Minha casa sempre foi a síntese do verso "o melhor lugar do mundo é aqui e agora".

Só que a pandemia não durou alguns dias, nem mesmo muitos dias. Depois de dezenas de meses, ainda não está totalmente superada, e é com espanto que lembramos a vida de antes: sério que não usávamos máscaras no transporte público e abraçávamos estranhos? Sim, éramos audazes. E negligentes a respeito de transmissões virais. Pegávamos uma gripe "do nada" e estava tudo certo, nenhum assombro. Se continuaremos assim tão relaxados, não posso prever, mas falo por mim: reforcei os cuidados com a saúde e rezo para que a próxima peste esteja agendada para daqui a cem anos, pois ficar imobilizada por outro longo período não está na lista dos meus planos para a velhice. Livros, vinho e lareira continuarão fazendo com que o meu cotidiano seja bem acima da média, mas preciso viajar. Exatamente como antes, ou "pior" que antes: mais.

Era esse o meu estado de espírito no início de 2022. Um olho no calendário e outro no relógio, aguardando a hora certa para me colocar em movimento, já que a pandemia havia se tornado menos letal e a vida ganhava ares de normalidade. Mas antes mesmo que eu pudesse tirar as malas de cima do armário, a Rússia invadiu a Ucrânia com a promessa de disparar mísseis, caso os países vizinhos se envolvessem no conflito, prenunciando a Terceira Guerra Mundial. Uma pandemia seguida de uma guerra, não há o que não possa piorar. Achei prudente dar mais um tempo no sofá.

Me pergunte como me virei sem uma mochila nos ombros e um e-ticket para um país distante e responderei: resignadamente. Cheguei a pensar que voos internacionais não me fariam falta, afinal, já viajei bastante, não morreria se sossegasse um pouco o facho. Até que começaram a surgir manchas na minha pele e uma arritmia inquietante no peito. Passei a sentir medos que não tinha. Que novidade é essa? O diagnóstico que eu mesma me dei: a saúde mental abalada fez eu desenvolver uma espécie de alergia à rotina. Só podia ser isso. Minha condescendência estava perdendo o prazo de validade e eu começava a sentir os primeiros sinais de asfixia por me manter em um ambiente fechado, e não me refiro apenas ao meu apartamento, e sim à cidade em que vivo, que, mesmo espaçosa e cada dia mais bela, se tornou claustrofóbica, como qualquer lugar em que a gente se demore. Então, aos poucos, protegida por três doses da vacina, voltei a dar uso à minha autonomia enferrujada, voando de Porto Alegre ao Rio de Janeiro. Nada mau, esse trajeto satisfaz a vontade de viajar que muitos têm. Também amo o Rio – como qualquer pessoa que não nasceu lá –, mas preciso reencontrar a mim mesma em locais onde nunca estive, onde se fala outro idioma, onde eu possa pedir asilo. O Brasil é maravilhoso, mas, sem atravessar fronteiras, me sinto em liberdade condicional.

Soando meio dramática, eu sei. Mas não cheguei a entrar em surto. A sensatez venceu e concluí que não morreria se esperasse um pouco mais até me deslocar para outro continente.

A saída foi embarcar nas memórias de viagens passadas, e cá estou, compartilhando lembranças neste terceiro volume da série *Um lugar na janela*. Por sorte, tinha estoque. Menos de um ano antes de a pandemia trancar a todos em casa, realizei o sonho de passar um mês inteiro em Paris, num apartamento alugado. Três meses depois, voei novamente para a Europa, a fim de realizar minha primeira sessão de autógrafos em Portugal. E em fevereiro de 2020, passei uma semana no Peru, durante um feriadão de carnaval. Foram três viagens sequenciais, todas acompanhadas pelo Pedro, meu namorado. Parecia que tínhamos intuído a prisão domiciliar que nos aguardava ali adiante.

2018 e 2019 foram anos de muitos quilômetros rodados e horas de voo, e ao recordá-los pude confirmar minha essência primordial: sou mais feliz em trânsito. Me sinto estrangeira percorrendo os corredores do supermercado que frequento em Porto Alegre, e nativa ao percorrer pela primeira vez qualquer rua desconhecida deste planeta.

Minha casa continuará sendo meu reino, nunca mais um calabouço. Confio que as fronteiras permanecerão abertas e que não há nenhuma outra surpresa viral a caminho. Já, já estarei voando as tranças por aí, de volta ao estilo de vida que melhor me define. Enquanto isso, pegue uma carona comigo nas andanças aqui registradas e aproveite a leitura. É outra forma de embarque imediato.

VIAJAR SOZINHA

Viajantes solitários já renderam bons personagens na literatura e no cinema, mas, até a metade do século passado, só meia dúzia de gatos pingados se lançava em um *on the road* particular – homens, em sua maioria. Eram chamados de malucos e invejados por noivos prestes a entrar numa igreja. Os aventureiros libertários se predispunham a mergulhar no desconhecido, desaparecendo no mundo sem dar notícias por dias ou meses – não faziam nenhuma questão de ser o genro idealizado pelas senhoras da sociedade.

Hoje, com o planeta totalmente conectado e as distâncias suprimidas, estar em Katmandu ou Mogi das Cruzes dá no mesmo, estamos todos ao alcance de um whatsapp. Os aplicativos de localização acabaram com a fantasia de dobrar a esquina e fugir de casa. Perdemos o direito ao sumiço.

Estimulados pelas facilidades de comunicação, os gatos pingados se reproduziram. Neste exato instante, há um número considerável de turistas-solo movimentando-se pelo planeta – e bem cotados no mercado matrimonial. Ainda assim, a modalidade ainda não é atrativa para a maioria dos viajantes, menos ainda para as mulheres, que têm o machismo como o maior inimigo de sua independência absoluta: muitas não arriscam desembarcar sem companhia em certos lugares, como no Irã, Marrocos ou Arábia Saudita. Em tempo: muitas estrangeiras não se animam a vir sozinhas ao Brasil, pelo mesmo motivo.

Falta de coragem. Esse seria o impedimento principal, em tese, mas não é só isso. Muitos homens e mulheres não viajam sozinhos por vergonha. Ainda temos um medo inconfessável da opinião dos outros.

De certa forma, se explica. Numa sociedade que condena a solidão como se fosse uma doença, é natural que as pessoas se sintam desconfortáveis ao circular desacompanhadas, dando a impressão de serem tão chatas e desagradáveis a ponto de nenhum conhecido querer passar uns dias a seu lado. Pena. Tão preocupadas com sua autoimagem, perdem a oportunidade de se conhecer mais profundamente e de se divertir com elas próprias.

A primeira viagem que fiz à Europa, aos 24 anos, foi na companhia única de minha mochila. Passei quarenta dias me deslocando por diversos países, sem celular, sem inglês fluente e com uma merreca de dinheiro: me hospedava em casa de amigos de amigos – ou seja, desconhecidos com referência. Só então meu namorado da época foi a meu encontro e passamos os vinte dias seguintes descobrindo a Europa juntos, nos hospedando em hostels e com o dinheiro ainda por um fio. Foram dois meses de viagem no total, onde vivi as duas experiências: *alone* e *avec*. Ambas formidáveis, mas diferentes. Na primeira, me expus mais, conheci mais gente. Quando um casal viaja junto, a interação com o entorno fica menos intensa. Então ele e eu retornamos ao Brasil, nos casamos, trabalhamos, viajamos outras vezes e tivemos duas filhas (uma concebida na França e outra na Califórnia). Depois de muita felicidade e estrada rodada, nos separamos amigavelmente. Foi quando a ideia de viajar solo voltou a me tentar, dessa vez em melhores condições. Eu estava mais madura, mais estruturada financeiramente e com mais tempo disponível. Continuei viajando com amigas e com namorados (minha modalidade favorita, tanto que este terceiro volume da série *Um lugar na janela* só traz relatos de viagens que fiz com Pedro), mas durante os períodos de entressafra amorosa, não desperdicei milhas: na ausência momentânea de parceria, por que não considerar uma lua de mel comigo mesma?

Em 2005, minha amiga Marcia Corban me convidou para ir ao Festival de Jazz de Montreux, do qual ela era diretora do backstage. Não precisou insistir muito. Dias depois, eu me hospedava sozinha num hotel de frente para o translúcido lago Leman. Com meu crachá vip pendurado no pescoço (amigos são tudo), assisti aos shows de Billy Preston, Patti Smith, Isaac Hayes, The Corrs e Garbage. Foram dias incríveis de muita música e de conversas empolgantes com Marcia, durante seus breves intervalos no comando dos bastidores. Antes de ir ao encontro dela naquele cenário de embalagem de chocolate ao leite, fiz um pit stop em Paris por três dias – *par moi-même* – e depois me presenteei com uma saideira de mais três em Milão – *anche sola*.

Em 2013, aluguei uma quitinete em Londres e frequentei uma escola de inglês durante um mês, imersão não só no idioma, mas na minha cidade preferida no mundo. Até hoje sinto saudade do meu quartinho abafado na Holland Avenue – era julho e a temperatura nunca baixou de 30 graus, com sol a pino. Nada menos inglês.

Em 2014, voei desenxabida para Portugal e fiquei seis dias encaramujada, trocando de pele em Cascais – voltei refeita. Eu, que sempre atribuí às viagens um sem-número de benefícios, nunca imaginei que elas pudessem ter também um poder curativo tão automático.

Em 2016, passei sete dias ensolarados caminhando e pedalando em Nova York. Era minha quarta vez na cidade, mas a primeira delas sozinha, quando só então me envolvi de fato com a Big Apple, permitindo que ela me virasse a cabeça. Na próxima, vou fazer uma visitinha para Woody Allen, já tenho os contatos.

Viajar sozinha

Em 2017, passei dez dias sozinha em Londres outra vez, e espero que não tenha sido a última – não vai ser, a Shayla não vai deixar. Volto logo, amiga. Os canais que nos aguardem (ela mora num barco).

Talvez mude de ideia um dia, mas até aqui, nunca me atraiu viajar sozinha para lugares paradisíacos como Ilhas Maurício ou Maldivas, numa reclusão, digamos, natureba-espiritual. Bangalôs, areias brancas, mar transparente: muito romântico para desperdiçar com a solidão. Não vejo a hora de explorar a dois esses cartões-postais, mas, estando só, prefiro me deslocar para grandes centros urbanos, pois não viajo sozinha para fugir do lado nervoso da vida, ao contrário, quero interagir com as metrópoles, quero eletricidade, excitação, disponibilidade para o inusitado, conversar com os estranhos que atravessarem meu caminho. E eles atravessam. Já dividi mesa de um show com um sujeito do Bronx e uma figuraça do Harlem. Já peguei carona em Nova York com uma jornalista da revista *Vogue*. Paguei dois uísques para uma amiga da fadista Amália Rodrigues num restaurante em Cascais. E bati papo com um morador de rua em Lisboa, que acabou inspirando uma crônica e um esquete da peça *Simples assim*.

Sem falar dos amigos que moram fora e com os quais agendo almoços e jantares antes mesmo de sair do Brasil. Viajar sozinha não significa que você ficará sem escutar a própria voz. Mas, se ficar, qual o problema?

Gosto de ir para cidades grandes e cosmopolitas porque já estive nesses lugares antes e isso me desobriga de programas obrigatórios, como conferir as atrações turísticas. Minha intenção é apenas flanar, ler uma revista enquanto tomo um drinque num café, observar a vida acontecendo, sem pressa, sem mapas, sem guias. Dormir até mais tarde e almoçar quando bater a fome – se bater. Entrar em museus e ficar lá dentro o tempo que quiser – sejam três horas ou quinze minutos. Garimpar raridades em livrarias, experimentar todos os colares e pulseiras de uma feira de rua, aproveitar minha tarde livre para compras sem ninguém me esperando impaciente na calçada. Perceber o entorno de forma mais aguçada, me estender sobre a grama, alugar uma bicicleta – ave, bicicleta! Diante do incremento de turistas no mundo, não raro impossibilitando a contemplação de certos pontos, alugar uma bike às sete horas da manhã é uma boa solução para curtir avenidas vazias e silenciosas.

    Solitários somos todos, faz parte da nossa essência. Não é um defeito de fabricação ou prova de inadequação ao mundo, ao contrário: muitas vezes, a solidão confirma nossa dignidade, principalmente quando não se está a fim de negociar nossos desejos em troca de uma companhia que até pode funcionar durante um happy hour, mas não durante as 24 horas de vários dias sequenciais. E a propósito: quem disse que, sozinho, não se está igualmente comprometido? Eu e eu: dupla imbatível, amor eterno, afinidade total.

Há quem nunca tenha ido ao cinema sozinho em sua própria cidade. Parar numa lanchonete perto de casa para tomar um cafezinho se assemelha a uma catástrofe. Sem um indivíduo ao lado, a pessoa se sente um cão sem dono. Para ela, qualquer parceria é melhor que nenhuma, uma conversa enfadonha é melhor que o silêncio, um chato é melhor que ninguém. A criatura não sabe se entreter, não suporta a cama inteira só para ela, não consegue se maravilhar num jardim, não se comove ao ouvir um músico amador tocando na plataforma do metrô, não se sente feliz num trem veloz que atravessa o país de leste a oeste.

Se é o seu caso, melhor não arriscar. Mas se está tudo bem entre "vocês" (a você que todos conhecem + a você que nem você conhece), saiam por aí e descubram como é bom se acomodar numa mesa de calçada num dia de sol, subir até terraços para descortinar o horizonte, caminhar sem trajeto definido nem hora para voltar, ficar no hotel escrevendo suas impressões da viagem enquanto chove lá fora, pedalar ao longo de um rio escutando rock nos fones de ouvido, em conexão absoluta com seus pensamentos e sentimentos.

Se você adora viajar com quem ama, não tem como dar errado.

UM MÊS INTEIRO EM PARIS

Pedro topou. Estávamos conversando sobre amenidades e comentei sobre meu sonho de passar um mês inteiro em Paris, viver como uma francesa à toa, flanando trinta dias sem o menor constrangimento. Chega uma etapa da vida em que a gente olha para trás, vê o tanto que trabalhou e pensa: se não agora, quando? Pedro recém havia completado sessenta anos e pensava igual. Decidimos: em junho. Comemoraríamos lá nosso primeiro ano de namoro, assim como o aniversário da Julia, minha filha, que estava morando na França. Quando dei por mim, já estava abrindo o computador para xeretar sites de aluguel de apartamento. A excitação era tanta que olhei apenas dois ou três, gostei do preço e resolvi: é este. Mandei o número do meu cartão de crédito e deu tudo errado. A pressa e eu não conhecemos finais felizes. Vamos fazer a coisa direito? Primeiro, comprar as passagens. Pronto, compramos. Agora pesquisar com calma os imóveis. Isso levou um tempinho mais longo, alguns dias, até que optamos por um apê simpático no Marais, com dois dormitórios e um custo-benefício atraente. Desembarcamos na tarde de 3 de junho de 2019, uma segunda-feira de sol. Agora era torcer para que a chave do apartamento estivesse dentro de um regador de plástico verde, junto às grades de uma janela, no pátio interno do prédio. Era o combinado com o proprietário, que vivia na Espanha. Ah, a Europa. Sou fã declarada. Apesar dos problemas que eles também têm, uma chave dentro de um regador é prova de confiança: ausência total de burocracia. Era como voltar ao tempo das cadeiras na calçada e da palavra de honra. A nostalgia é sempre acolhedora.

De posse das chaves, entramos no elevador minúsculo, desembarcamos no terceiro andar e ainda percorremos um longo corredor escuro, até que abrimos a porta do apartamento e fomos fulminados por amplos janelões, móveis coloridos e o famoso pôster da Marylin Monroe by Andy Warhol. Os impressionistas não tinham vez ali, passaríamos as férias sob as bênçãos da pop art.

Julia chegou menos de uma hora depois e, assim que trocamos todos os abraços que a saudade exigia, fomos resolver uma questão seríssima chamada fome. Caminhamos, os três, até o animado Café Charlot, a poucas quadras de distância. Aliás, a partir dali suprimiria a palavra distância do meu vocabulário. Nada seria longe o suficiente para me desanimar. Todos os arrondissements estavam ao alcance de uma ou duas linhas de metrô, e tínhamos duas estações vizinhas – mas o que eu usaria mesmo seriam as pernas.

Saí do Brasil sem a menor intenção de evitar croissants, baguetes e *fromages*. Vinho, muito menos. Se eu pretendia manter o peso, só me restava caminhar os dez mil passos por dia que décadas atrás um japonês decretou como meta ideal de atividade física. A tendência caiu de moda, dizem, mas gosto da ideia e tenho um aplicativo no celular que monitora as passadas. Pois bem, em Paris, nunca baixei de doze mil, e teve um dia que cheguei a 23 mil – afora os passos dados sem estar levando o celular comigo, portanto, sem monitoramento. Foi assim que me liberei para saborear a culinária local sem piedade dos meus glúteos.

Já comi mal em Paris. Uma única vez, em setembro de 2006, às 21h47 de uma noite de terça-feira num restaurante do Quartier Latin cujo nome esqueci, mas não a experiência. Um bife intragável. Mal posso imaginar a deprê em que estava o cozinheiro para ter negligenciado o seu ofício. Afora esta exceção insólita, nunca comi menos que divinamente, e quanto mais simples o prato, mais me regalei. Pedro e eu optamos por um apartamento em vez de hotel para, entre outras razões, poder visitar feiras e mercados, trazendo os ingredientes frescos para casa a fim de prepararmos nós mesmos os nossos banquetes. Assim fizemos – meia dúzia de vezes, confesso.

No mais, batemos ponto em uma infinidade de bistrôs, cafés e restaurantes com nenhuma estrela Michelin, e nem precisava. Claro que cedemos à tentação de alguns endereços clássicos. Fomos vistos entrando sóbrios e saindo de pileque do Closerie de Lilas por duas vezes, assim como também bisamos o Le Procope e matamos as saudades do Bofinger, que já teve seus dias de glória e agora sobrevive de seu passado e da claraboia de vitral que continua impactante. De resto... bom, acho que não se pode chamar nada de resto em Paris.

Entre os menos afamados, nos encantamos com o Robert et Louise, um lugar pequeninho, com poucas mesas e uma parrilla ao fundo. É tão discreto que a gente passa em frente, pela calçada, e mal percebe sua existência no 64, Rue Vielle du Temple, no Marais. Há quem diga que era o restaurante preferido de Tom Jobim, e a ausência de pompa me faz acreditar que era mesmo. Comemos um suculento entrecôte no balcão, mas a carne que ficou na memória não foi esta, e sim a servida num restaurantezinho perto da sede do Partido Comunista (projeto de Oscar Niemeyer). O nome do bistrô é Les Frangins (19, Avenue Mathurin Moreau). Daqueles lugares que você entra sem ter indicação nenhuma, apenas porque precisa fazer tempo até encontrar sua filha que trabalha ali perto.

Na categoria "a vida é bela", dois lugares muito coloridos me chamaram a atenção. Um é o La Felicità, um foodmarket com vários quiosques, todos de comida italiana a preços convidativos e um bar com cinco prateleiras lotadas de garrafas, formando um grande e hipnótico painel de vidro. O local é planejado para seduzir mais nossos olhos do que nosso estômago, sendo que o banheiro feminino merece uma visita até de quem está sem nenhuma vontade de fazer xixi: a porta é decorada de cima a baixo com bonecas Barbie, delírio de um designer fanático. Da mesma rede do La Felicità, o restaurante Pink Mamma ocupa um prédio de quatro andares em Montmartre, sendo que o último é uma espécie de jardim do Éden – teto de vidro e flores por toda a parte. Essa turma investe no lúdico, minimalismo não é com eles.

Pensando bem, indicar restaurantes em Paris é algo meio sem sentido, porque qualquer café ou bistrô é blindado contra o mau gosto, e mesmo em cardápios menos sortidos se encontra um prato ou sanduíche que jamais desapontará. Gosto do La Marine, às margens do Canal Saint-Martin, mas e daí? Igual a ele, há centenas. Tenho simpatia pelo café Les Philosophes, mas poderia citar também o Assaggio, bistrô italiano onde comi o melhor melão com presunto da vida, ou o acolhedor Petit Thai, os três localizados no Marais, que tem outras centenas de opções. Assim é Paris. Cada turista elege seus endereços preferidos à medida que tropeça neles pelas ruas, e todos terão uma coisa em comum: serão considerados imperdíveis. Ou seja, se você dispensar aconselhamentos, nenhum problema, certamente terá criado sua própria lista de achados.

Ainda assim, nunca viajo sem algumas dicas de amigos ou sugestões colhidas em postagens de influenciadores. Foi assim que soube que valeria a pena ir até o Mercado de Pulgas de Saint-Ouen, que fica praticamente no subúrbio de Paris. Quando se tem quatro ou cinco dias para conhecer uma cidade, é natural que não nos afastemos muito dos bairros onde estão os melhores museus, lojas e restaurantes, mas eu tinha um mês inteiro e muita vontade de ampliar meu conhecimento sobre Paris, sem falar que um mercado de antiguidades é sempre inspirador. Então, numa manhã de sábado, Pedro e eu descemos na distante estação de metrô Porte de Clignancourt e começamos uma caminhada sem rumo definido, aguardando alguma seta indicativa que nos conduzisse até o mercado, ou que ele simplesmente se materializasse à nossa frente. Nos primeiros passos, nem uma coisa, nem outra. Vimos alguns imigrantes vendendo perfumes falsificados e camisetas de futebol, e não tínhamos ido até lá por tão pouco, mas logo ele surgiu – o grande mercado de pulgas e suas ruelas repletas de móveis, cristais, lustres, faqueiros, livros, garrafas, esculturas, tapetes, espelhos, vasos e demais artigos de maior ou menor valor. Você pensa: isso ficaria incrível na minha casa, pena que seja tão difícil acondicionar e levar. O jeito é fotografar o objeto do desejo, a título de consolo, e correr para o Chez Louisette, onde há antiguidades ainda mais divertidas. Explico: Chez Louisette é um restaurante incrustado no meio do mercado, a bagunça mais adorável que já vi. Não há espaço nas paredes para pregar nem mais um cartão de visitas. Elas estão tomadas por cartazes, fotos de celebridades, violões, chapéus, arandelas, capas de revistas, bolinhas de Natal e mais uma parafernália dos infernos que dá ao local um aspecto kitsch e festivo. O cardápio é quilométrico, pense no que você quer comer: tem. Beber? Mais ainda. As mesas são praticamente comunitárias, dois milímetros separam umas das outras. Todos os garçons são da terceira idade pra cima e, num canto do restaurante, dois instrumentistas caquéticos acompanham o revezamento de cantores que se consideram a encarnação de Édith Piaf e de Charles Aznavour, sem o charme incluído – uma tia meio banguela, um senhorzinho que não tira o paletó xadrez, é o que a casa oferece. É brega, é popular, é o máximo, ou não estaria sempre tão lotado.

Se este programinha old fashioned não compensa ir tão longe, tiro da manga um motivo que vai conciliar com sua modernidade: praticamente na saída da estação de metrô está o La Recyclerie, que é um misto de café, oficina e fazenda urbana. Atmosfera única, afinada com uma sociedade mais sustentável. Instalado numa antiga

Um lugar na janela 3

gare, o ambiente é espaçoso: há muitas mesas internas e externas, onde você pode tomar um aperitivo ao lado das galinhas, enquanto come uma saladinha com legumes recém-colhidos da horta. Tudo é reciclado. Os restos de pão do couvert são colocados numa urna e saem dali como ração para os animais. Fiquei encantada por estar num lugar tão rústico em uma das capitais mais cosmopolitas do mundo.

Achando muita mão de obra ir até esta região da cidade? Ora, longe é um lugar que não existe, já dizia o autor de *Fernão Capelo Gaivota*, e se ele não estava fazendo alusão ao metrô, eu estou. Tenho uma quedinha pelo underground. Sei que na hora do rush os trens ficam lotados, que é anti-higiênico segurar nas barras de metal onde todo mundo se agarra, sei que às vezes o trem para no meio do túnel e isso é tenso, mas ainda assim dou a ele o troféu de melhor transporte público, ao menos quando a cidade é bem abastecida de linhas, caso de Paris. Ônibus permite visualização do trajeto, táxi garante privacidade, mas o metrô é rápido – e ganhar tempo é quase sempre uma urgência. Além disso, gosto de ver os tipos que dividem o vagão com a gente, gosto de escutar idiomas que não conheço e imaginar sobre o que estão conversando, gosto de observar quantas criaturas exóticas estão ali lendo um livro e quantos estão grudados no celular, gosto das contagens das estações no painel interno, e gosto delas, as estações em si, abrigos subterrâneos para os músicos, os sem-teto, os moradores, os turistas, onde todos se cruzam por alguns minutos num universo paralelo. Uma das primeiras providências que tomamos ao chegar a Paris foi comprar nosso cartão do metrô com validade para um mês, sem restrição de uso. Custa oitenta euros e você faz em qualquer estação. Não é barato, mas pra quem viaja a média de duas vezes por dia, vale a pena, sem falar na tranquilidade que é acessar as plataformas sem antes precisar fazer um pit stop nas máquinas automáticas ou bilheterias. Se você deseja um cartão desses, leve de casa uma foto 3x4 para facilitar, ou terá que tirar a foto nas cabines da estação, e lá se irão mais cinco preciosos euros. Difícil encontrar algo por menos de cinco euros no Velho Mundo.

A Europa é cara. Nenhuma novidade. Quem converte, não se diverte – frase que todos conhecem. Portanto, não converta os valores para o real. Não todo o tempo, ao menos. Quase nunca, de preferência. Você já está lá, do outro lado do mundo: nada mais a fazer a não ser enfrentar o rombo. Viajar é um investimento, mesmo que a palavra despesa grite em nossos ouvidos. Muitas pessoas não entendem o motivo de gastar tanto dinheiro em algo provisório e imaterial, que não podemos apalpar. Deve ser esta a razão de sentirmos compulsão por comprar quando estamos numa cidade estrangeira, mas mesmo não trazendo nem uma réplica de quatro centímetros da torre Eiffel, você jamais regressará sem nada. O que, afinal, você busca quando viaja? Ser surpreendido pela beleza de um rio ou de um prédio histórico. Não ter hora para acordar nem para dormir. Provar algo estranho (escargot? absinto?) para incluir no seu rol de experiências. Descobrir que você não é tão careta, ou tão medroso, ou tão avesso a novidades como pensava (ou não é tão moderno, ou tão corajoso, ou tão amante de aventuras como alardeava). Viajar faz isso com a gente: revela nossas costuras, nosso forro, aquilo de que somos constituídos por dentro. Pense no que você está economizando em terapia.

Sem falar que viajar amplia o nosso conhecimento sobre arte, sobre a natureza, sobre as espécies (humanas, principalmente). Refina nossa sensibilidade. Coloca-nos diante de costumes que não temos, incentivando assim nosso respeito a outras culturas. Viajar ajuda a eliminar preconceitos. Expande o tempo – uma semana parece durar um mês. Reduz o stress. Provoca encantamentos repentinos, seja por um vinho, uma canção, uma ladeira. E inclusive pela pessoa que está a seu lado, que você não conhecia tão bem, mas que agora sabe como reage a imprevistos, com que disposição explora lugares novos, como se comporta diante das próprias vulnerabilidades (por exemplo, não saber se expressar no idioma local ou não ter ideia de onde vai dar uma rua). A mim, isso tudo recompensa mais do que economizar para trocar de carro no fim do ano.

Um passeio fora do circuito turístico habitual parisiense é conhecer o Le Centquatre (Le 104), um centro cultural onde artistas amadores ensaiam livremente num amplo ginásio, compartilhando o espaço. Um casal dança um tango enquanto um malabarista equilibra bastões e ao lado um mímico treina sua linguagem corporal. Dois rapazes batem o texto de uma peça enquanto uma moça faz o solo de um balé e mais adiante um guitarrista afina seu instrumento. Tudo no mesmo ambiente, aos olhos de quem quiser ver. Parece confuso, mas é muito empolgante, dá vontade de passar a tarde inteira lá, e, se o fizer, saiba que por ali tem também um brechó, uma livraria e um café. Ao sair do Le 104, fiquei pensando: por que não estudei teatro? Por que não aprendi a tocar piano? Por que não arrisquei umas pinceladas numa tela?

Quando criança, era obcecada pela ideia de ser cantora, atriz, escritora, mas algo me dizia que não receberia apoio em casa se de saída avisasse: quero ser artista. Então fui na onda de uma amiga que queria ser publicitária e fiz, como ela, vestibular para Comunicação. Era o mais perto da arte que chegaria, eu supunha. Antes de me formar, já estava trabalhando em agências. Depois de treze anos escrevendo anúncios bons e criando comerciais péssimos para tevê, publiquei um livro de poemas e, para recompensar minha ousadia, a vida me deu o empurrão necessário para abraçar a literatura. Passei a escrever colunas para jornais, me atrevi a publicar ficção, tive textos adaptados para o teatro e fiz parcerias musicais com Frejat, Jota Quest, Kleiton e Kledir, Nenhum de Nós. Era, e ainda sou, apenas uma escritora (se não for pecado escrever "apenas" junto com "escritora"), mas como é que cheguei tão perto dos palcos, das gravadoras e tudo mais? É que sempre tive um Le 104 na alma, todas as artes acontecendo dentro de mim.

Não vou ao cinema apenas para me entreter, não leio um livro para passar o tempo, não vou ao teatro só uma vez por ano. Arte, para mim, é pão e água, mata diariamente a fome e a sede do meu espírito, sem ela eu seria um zumbi. Então, só por ela já valeria a pena viajar, ainda mais para uma cidade com uma diversidade cultural tão rica como a capital da França.

Não que eu seja rata de museu. Não consigo passar quatro horas dentro de nenhum deles, sendo sincera. Talvez nem três. Ao Louvre, fui apenas quando estive a primeira vez em Paris, e isso foi em 1986. Nas outras vezes em que voltei a Paris, excluí o Louvre da programação. A desculpa era sempre o pouco tempo na cidade, ele já estava visto, eu precisava conhecer outros museus. Conversa fiada. Desta vez, fiquei trinta dias seguidos em Paris e de novo não fui ao Louvre. Pedro foi, é mais evoluído. Não se assusta, como eu, diante do gigantismo daquele acervo que nunca, nunca conseguirei conhecer inteiramente.

Mas fui ao Museu Picasso pela primeira vez e prestei a reverência habitual ao mestre. Sei que nosso amigo Pablo não era um exemplo de comportamento, e muitas feministas evitam hoje prestigiá-lo, assim como a Woody Allen, Roman Polansky e outros que entraram na lista negra do movimento Me Too, mas eu não consigo colocar tudo no mesmo balaio – a genialidade continua me comovendo, a despeito das incorreções de seus autores.

Sempre gostei de arte africana, então estava na hora de conhecer também o Museu do Quai Branly, inaugurado por Jacques Chirac em 2006, ao lado da Torre Eiffel. Na verdade, o museu é dedicado não só à cultura da África, mas também às civilizações da Ásia, Américas e Oceania, oferecendo uma arte bem diversificada, se compararmos com a de outros célebres museus da cidade. O projeto arquitetônico é inovador e os jardins são convidativos – há inclusive um agradável restaurante ao ar livre chamado Café Jacques, para quem quiser almoçar espiando a torre por um ângulo incomum.

O Atelier des Lumières passou a ser ponto de visita obrigatório em Paris. Instalado numa antiga fundição, é hoje um centro de artes visuais que oferece uma forma alternativa de se conhecer a obra de renomados pintores.

Num amplo espaço escuro e vazio, os quadros são projetados em 360 graus, incluindo teto, paredes e chão. Os visitantes ficam livres para caminhar pelo ambiente, sentar no chão, deitar-se. É uma mostra absolutamente imersiva, o objetivo é que todos se sintam parte da obra. Eu havia estado rapidamente em Paris um ano antes e não se falava em outra coisa. Era a primeira exposição desse tipo na cidade, e lá fui eu. Sabia que veria obras do austríaco Klimt, mas não havia me informado o suficiente, achava que veria telas mesmo, como nos museus tradicionais. Mas quando atravessei a porta e pus os pés no enorme salão, com as obras projetadas por todo lado, foi como se eu tivesse recebido a picada de uma droga alucinógena: não conseguia fechar a boca, não sabia direito para onde olhar, era tudo muito colorido e impressionante. As obras se movimentavam como num sonho – ou como numa bebedeira. E havia o som em alto volume: Beethoven, Bach, Chopin. Os puristas talvez torçam o nariz, mas creio que este tipo de "viagem" pode estimular jovens que nunca visitaram um museu a se interessarem por artes plásticas. Sendo assim, voltei ao Atelier des Lumières, dessa vez para imergir em Van Gogh, mas não senti o mesmo impacto, talvez porque já soubesse como funcionava a interação. O elemento surpresa não se fez presente e achei tudo apenas interessante.

    Sou fã do Museu d'Orsay, é o meu preferido na cidade – a ala dos impressionistas comove, é a meca dos maiores gênios do período, e a Porta do Inferno, de Rodin, com seis metros de altura e dramaticidade, me coloca de joelhos. Mas como também havia estado lá um ano antes, não voltei, preferi rever o pequeno Marmottan, situado num bairro residencial e que possui um lindo acervo de Monet. Estivemos também no George Pompidou (cuja vista panorâmica está sempre entre as "obras" mais aplaudidas), o Halle Saint Pierre (museu de arte naïf, aos pés da Sacré-Coeur) e no Museu Dalí, ao lado da Place du Tertre, também em Montmartre. Por fim, conheci o estúdio onde trabalhou o suíço Alberto Giacometti, escultor que faleceu em 1966 e cujas figuras longilíneas me enternecem de um modo que as gordinhas de Botero nunca conseguiram.

Mencionei a Place du Tertre, um dos locais mais frequentados pelos turistas em busca de um souvenir. Situada ao lado da Sacré-Coeur, as ruas adjacentes e a praça ficam apinhadas de pessoas que procuram, entre outras coisas, ser retratadas pelos pintores que ali posicionam seus cavaletes. Sempre gostei de observar o retratista fazendo seu trabalho enquanto o turista posa estático por quarenta minutos, uma hora ou até mais, dependendo da quantidade de detalhes e de modelos (muitos casais posam juntos, alguns até com os filhos). Ao fim da sessão, raramente os retratados parecem consigo próprios, mas quem se importa? Eu nunca posei, fico envergonhada quando desconhecidos testemunham minha vaidade, mas teve uma manhã em que fui sozinha até a Place de Tertre, resolvida a pedir para que um dos pintores fizesse um retrato meu e do Pedro – estava a fim de me dar o direito de ser cafona e, de quebra, não precisaria posar: eu deixaria uma foto e, enquanto o moço trabalhasse, tomaria meu *petit déjeuner* em um bar da vizinhança. A quem dar a honra? Avaliei os vários retratos sendo realizados na praça e nada me agradou, até que descobri não um moço, e sim um ancião que tinha o traço mais arrojado de todos: seu nome era Jon e estava sem cliente naquele momento. Eu havia levado uma cópia impressa da foto que eu queria que fosse retratada. Ele me deu o preço (salgado), eu regateei, ele reduziu, fechamos negócio. Ele disse que levaria meia hora para ficar pronto, levou o dobro, mas era um sujeito tão afável que não havia do que me queixar. Quando terminou, o resultado: Pedro parecia ter 25 anos menos e eu parecia outra mulher, também mais nova. Adorável. Nosso retrato de Dorian Gray.

Você deve ter um amigo que mora em Paris. Ou que mora perto de Paris. Ou que não mora em Paris, mas está viajando por lá agorinha. Eu tinha tudo isso, então, um dos programas favoritos em nosso retiro de um mês foi reencontrar conhecidos e até desconhecidos.

A primeira fatura foi saldada com o jornalista Fernando Eichenberg, o Dinho, que vive lá há mais de vinte anos, meu amigo desde sempre, o culpado por eu ter me tornado uma colunista (foi ele que apresentou meus textos ao diretor de redação do jornal *Zero Hora*, em 1994). É um entrevistador minucioso, dedicado a seu ofício como poucos. Ir a Paris e não ver o Dinho é mais grave do que ir a Paris e não ver a Torre Eiffel. Estivemos juntos nós três, estivemos juntos só eu e ele, estivemos juntos nós três e mais uma turma (entre os quais estavam a atriz portuguesa Maria de Medeiros e a filósofa Marcia Tiburi), enfim, a gente se viu bastante e, claro, não foi suficiente, nunca é.

Outra amiga querida e distante é a Shayla Bittencourt, que mora em Londres e foi a tradutora do meu primeiro livro em inglês. Shayla tinha, na época, um namorado francês, o Nicolas, então ela costumava ir com frequência a Paris. Enquanto estivemos lá, ela foi duas vezes. Fazia tempo que não a via. Fui a seu encontro com o coração aos pulos, como se estivesse a caminho de um rendez-vous clandestino. Ao chegar ao café escolhido, no Marais, matraqueamos feito duas comadres, e só depois de duas horas chamamos nossos namorados (*blind date* para eles, que não se conheciam) para jantarmos os quatro. Nessa noite, descobri que Pedro era fluente em francês, coisa que ninguém sabia, e ele também não. Ah, as propriedades mágicas de vários beaujolais... Quase no final da nossa temporada na cidade, saímos de novo os quatro, numa noite memorável que começou num café lindo em Montmartre, onde as primeiras garrafas foram abertas. Horas depois, fomos a um restaurante libanês de um amigo do Nicolas, e guardo a vaga lembrança de uma sequência de pratos interminável. A noite parecia que também não acabaria, mas infelizmente acabou, porém com um arremate de cinema. A cena: nós quatro no carro de Nicolas escutando Serge Gainsbourg em alto volume enquanto passeávamos sem rumo definido pela madrugada parisiense já sem trânsito, com a população adormecida e as avenidas livres, vazias, descortinando as luzes amareladas que iluminavam os prédios históricos, os monumentos, as pontes sobre o Sena – um tour particular guiado por um morador apaixonado pela própria cidade, que dividiu conosco o seu próprio olhar e que nos deixou em frente ao nosso prédio pouco antes de amanhecer. Descemos do carro sem sentir direito o chão, com o sono inocente dos embriagados que sabem que a embriaguez mais potente é a causada pelo deslumbre.

 Teve um domingo em que fui encontrar a artista plástica Vivian de Campos, que estava expondo em Paris, e no mesmo local – agradável surpresa – estava a jornalista Mônica Figueiredo, com quem retomei o contato. Teve a Amanda, cearense que conheci na Amazônia e que me chamou para um papo rápido, ela já estava voltando pra Lisboa, onde morava. Pedro me apresentou a amigos dele: Simone e Alberto, com quem almoçamos perto do Panthéon, e Sávio e Elisângela, com quem almoçamos em Saint German. Mas o destaque foi mesmo a Julia, minha filha mais velha, que perambula pelo mundo há muitos anos e que naquele período estava dividindo um apartamento com mais cinco pessoas nos arredores da cidade, mas que aceitou o convite para "morar" conosco enquanto estivéssemos lá. Pensei que nunca mais aconteceria de vê-la dormindo no quarto ao lado. Nada mais familiar e íntimo do que dividir o teto com quem se ama.

Foi um mês intenso. Ainda que nos permitíssemos relaxar em casa de vez em quando, a rua chamava, a vida chamava. Assistimos a *A flauta mágica*, de Mozart, na Ópera da Bastilha, e ao jazz das segundas-feiras no popular Le Piano Vache. Fomos conhecer as ruínas da arena de Lutécia no meio da cidade e a arquitetura futurista do bairro La Défense. Contemplamos a natureza no aristocrático Parc Monceau e no surpreendente Buttes Chaumont (com suas colinas, lago, gruta e até uma cachoeira), e ainda o jardim suspenso que fica sobre o Viaduto das Artes, o Highline parisiense (que costuma ser comparado com o Highline nova-iorquino). Fizemos o clássico passeio de barco pelo Sena, caminhamos por todo o entorno da Île Saint-Louis, percorremos o Canal Saint-Martin e o cemitério Père Lachaise. Éramos turistas residentes, mas, inegavelmente, turistas. Nosso olhar estava sempre em busca do belo, sem deixar de ficar atento aos costumes. Mulheres francesas trocaram o salto alto pelo tênis branco e assumiram os cabelos brancos também – libertação dos pés à cabeça. As sacolas plásticas foram banidas das lojas e supermercados. Muita gente dormindo na rua, reflexo da entrada de refugiados no país e da dificuldade para acolhê-los. Nas ruas, cigarros eletrônicos e patinetes elétricas competindo com carros e pedestres. E o principal objeto de decoração de restaurantes: livros. Paredes lotadas de livros inspirando as refeições.

Comer, ler, beber. As mesas sobre as calçadas confirmam: estão sempre repletas de homens e mulheres usufruindo o *savoir vivre*, especialidade da casa. Por isso e tanto mais, Paris, *je t'aime toujours*.

O AMAZONAS

Quase todo mundo sabe: a palavra Amazônia denomina a floresta cuja maior parte fica no Brasil, mas que se estende por outros países também. E Amazonas é o nome do estado federativo, onde aterrissei pela primeira vez em agosto de 2018, inaugurando em mim uma compreensão que eu ainda não tinha sobre a nossa grandeza.

Passei três dias navegando pelo rio Negro, conhecendo comunidades indígenas e ribeirinhas. Em um pequeno barco, me embrenhei entre os igarapés como se tivesse licença para entrar num sonho que não era meu. Tocava as árvores com os dedos, desviava dos cipós, sentia o perfume das flores exóticas. Nadei ao lado de botos cor-de-rosa e senti eles roçarem em meu corpo de forma perturbadora. Fui ao encontro do Negro com o Solimões, que não se misturam, mantendo cada rio a sua cor, a sua temperatura, a sua densidade. Comi peixes e frutas que despertaram em mim um novo paladar – falarei sobre isso mais adiante. Escutei histórias reais e as lendas que a floresta inspira. Percebi, na mata, gradações de verde que as cartelas de tintas desconhecem. No escuro da noite, no meio do rio, observei uma sequência de estrelas cadentes num céu pontilhado de luzes, enquanto o silêncio absoluto se encarregava do êxtase. Achei que tinha viajado para os confins do meu país, mas não. Minha noção de distância se alterou. Nós, do sul e sudeste, é que vivemos muito longe do Brasil.

A Amazônia é um santuário, onde a natureza é fonte de tudo que importa: ar puro, alimento saudável, sobrevivência. Índios e caboclos dedicam-se a preservar seus valores e costumes, e extraem da água e do mato tudo o que necessitam para comer, para se proteger e para se divertir. Como nada é perfeito, muitos se sentem atraídos por esses aparelhinhos eletrônicos que levamos em mãos e que são considerados símbolos de modernidade, a ponto de alguns deles comprarem smartphones mesmo não havendo sinal onde vivem – usam para o básico. Tudo bem. O básico é suficiente.

❖

Durante a viagem, confirmei minha espiritualidade, que nem sempre foi clara para mim. Tive formação católica, mas, ao entrar na adolescência, passei a questionar conceitos como pecado, culpa e vida eterna, essa subjugação que mais me afastava do que aproximava do sublime. Não precisamos de religião para sermos bons, justos, amorosos e solidários – ateus podem ser tudo isso também. Religião atende, basicamente, a uma necessidade de conforto, de busca por um sentido diante da finitude da vida. Legítimo, mas há outras maneiras de preencher vazios existenciais: através do amor, através da arte, através de atitudes mundanas, que também despertam a fé e a humildade, sem precisar recorrer ao sobrenatural. Porém, jamais interrompi a busca pelo sublime.

 E foi lá que aconteceu. Estávamos em um pequeno grupo. Depois do jantar, nos distribuímos em dois pequenos barcos, a fim de fazer a focagem de jacarés acompanhados de um guia local, o brilhante Samuel, que deveria estar dando palestras na ONU sobre consciência ambiental, mas isso é outro assunto. Navegávamos pela noite escura, até que um dos barcos sofreu pane no motor. Ok, o outro barco poderia rebocá-lo, mas aquela súbita pausa de um motor inspirou o desligamento voluntário do outro. Por um tempo, mantivemos ambos os barcos à deriva. Não se enxergava nada, apenas a sombra distante da floresta. Um sapo coaxava ao longe. Ficamos todos quietos como quem reza. Então olhamos para cima e lá estava ele: meu Deus do céu.

 Fui menina de cidade, não tive o privilégio do céu do campo. Minha primeira experiência de encantamento sideral se deu no Planetário de Porto Alegre, aos doze anos. Décadas depois, contemplei noites belas no deserto do

Saara e no do Atacama, mas o que vimos no céu amazônico foi único. A incrível quantidade de estrelas cadentes, seu reflexo na imensidão da água escura, a profundidade do silêncio, o compartilhamento do indizível: a galáxia estampada por milhões de pontinhos luminosos numa noite quente em que não se sabia se era terça, quinta, sábado nem que hora marcavam os relógios que ninguém usava – o tempo não existe na floresta, tudo é eternidade.

Ali confirmei que a natureza é minha igreja e que Todo-Poderoso, mesmo, é este universo deslumbrante que também preenche a vida de sentido.

❖

Alimentado o espírito, hora de atender aos apelos do estômago, viajar dá fome. Antes, preciso confessar que, quando criança, era a típica chata pra comer. Enjoada. Implicava com a cor, com a textura, com o aroma de qualquer refeição que não fosse bife com fritas. Molhos, eu temia. Verduras, eu negava. Qualquer coisa mais sofisticada, eu sumia. Era magra de ruim: ruim de olfato, ruim de paladar. Meu negócio eram as porcarias: salgadinhos, balas, refris. O demo colorido artificialmente. Satanás em forma de corantes e aromatizantes.

Depois melhorei. Comecei a comer batata, tomate, camarão. Viciei em camarão, deslumbre de quem só conhecia alcatra. O tempo passou e o crustáceo continua sendo meu prato preferido, talvez se deva à minha ascendência potiguar. Hoje devoro camarões, não em cascatas, mas em risotos e bobós. E acabei me abrindo para outros seres comestíveis que nadavam, desde que não fossem muito excêntricos.

O século virou e me encontro num barco, navegando pela água escura do rio Negro, sem chance de fuga: há um chef espetacular a bordo (anote este nome, Fabricio Guerreiro) que promete conduzir o pequeno grupo rumo a uma aventura gastronômica pela culinária amazonense e, contrariando minhas fobias da infância, não sinto medo.

Na primeira noite, é servida uma massa verde com folhas de jambu, e começa a introdução a um novo sabor e vocabulário. Jambu é uma planta, uma erva que é servida como iguaria, tem propriedades anestésicas, é uma folha, e eu, herbívora como nunca havia sido antes, mastigo, engulo e acho bom.

No almoço seguinte, tambaqui e matrinxã expandem mais ainda meu vocabulário, começo a reencontrar minhas raízes (além de trisavós potiguares por parte de pai, há uma lenda que afirma que tenho sangue indígena por parte de minha avó materna). Eu, que só comia tilápia e linguado, me sinto em casa – mas uma casa sobre palafitas. Nunca experimentei peixes tão deliciosos. A sobremesa é o abacaxi doce da floresta servido com sorvete de tapioca, e eu já nem lembro o que é bife.

No jantar, pirarucu com folhas de tucumã. Palavras pesadas, e só elas pesam. Café da manhã com frutas extravagantes. Provo o suco de cajá. Dou o primeiro gole e troco para sempre o morango pelo cajá, a melancia pelo cajá, a laranja pelo cajá. Onde encontrarei cajá no Rio Grande do Sul? Se você souber, avise-me pelas redes sociais.

Caldeirada de tambaqui com banana. Suco de cupuaçu. Percebo que estou reencontrando as vogais, a Amazônia não é consoante. Risoto de tacacá. Molho de tucupi. Pirarucu de casaca. Tudo acompanhado daquela farinha de mandioca brava que ninguém se atreve a chamar vulgarmente de farofa. Sorvete de açaí com calda de chocolate. Alguém me resgate antes que eu afunde esse barco com meu sobrepeso.

O Amazonas é a *nouvelle cuisine* tupiniquim, não perde para Paris e dá motivos para todos os brasileiros se orgulharem, da mesma forma que se orgulham do churrasco, da moqueca, da feijoada. O Norte, definitivamente, abriu meu apetite.

❖

Menos de um ano depois, estava mais uma vez desembarcando no moderno aeroporto de Manaus para uma aventura semelhante e ao mesmo tempo diferente. Em grupo, outra vez (mas agora acompanhada de Pedro) e novamente a bordo de uma embarcação (maior que a anterior), eu voltaria a percorrer o rio Negro numa viagem literária promovida pela Livraria da Vila, de São Paulo. É o projeto Navegar É Preciso, que todos os anos convida cinco escritores brasileiros e um músico para realizarem bate-papos informais durante a travessia, sob os olhares de uma plateia interessada em livros, em discussão de ideias e em conviver, por três dias, com seus autores preferidos – os passageiros que se inscrevem no projeto não apenas assistem aos encontros literários, mas almoçam, jantam e passeiam com os convidados. Todos, literalmente, no mesmo barco. Na edição de 2019, o elenco era formado por Maria Rita Kehl, João Carrascoza, Pedro Bandeira, Maria Ribeiro e eu, e o show ficou a cargo da talentosa Mônica Salmaso. Sou uma mulher de sorte, sei disso, nem precisa dizer.

 O esquema era bem tranquilo. Durante uma hora pela manhã (das dez às onze) e outra à tarde (das quatro às cinco), um autor entrevistava outro diante dos demais passageiros, numa conversa informal, divertida e recheada de histórias. Nossos livros eram vendidos ali mesmo e quem quisesse uma dedicatória era só pedir. De resto, passeios que eu já havia feito meses antes, mas que repeti com alegria: banho de rio, nadar com botos cor-de-rosa, conhecer um pedacinho de Anavilhanas (maior arquipélago fluvial do mundo) e adentrar as florestas alagadas para ver os igapós. Quem não quisesse sair nos pequenos barcos disponíveis para os passeios podia ficar no conforto dos quartos da embarcação principal, com sacadinha dando vista para a vegetação – ou ia para o terraço do barco, uma área de compartilhamento social onde até rolou uma festa dançante com uma banda local tocando ao vivo. Foram três dias de papos ótimos e muita risada, ninguém diria que eu estava lá a trabalho.

Ao retornarmos para Manaus, os passageiros e convidados se despediram, voltando cada um para sua cidade, mas Pedro e eu decidimos passar 24 horas na capital, e para isso nos hospedamos no charmoso Villa Amazônia, um hotel desafetado e encantador. A piscina fica dentro de um oásis verde, o restaurante é um dos melhores de Manaus e a decoração usa matéria-prima regional com um bom gosto universal. Dá vontade de não sair lá de dentro, mas a ideia era conhecer o exuberante Teatro Amazonas, situado bem pertinho do hotel, no Largo de São Sebastião, no centro histórico. Inaugurado em 1896, no auge do ciclo da borracha, tornou-se um dos mais importantes centros culturais do país. Foi originalmente destinado a espetáculos de ópera e decorado com o que havia de mais luxuoso na época de sua construção: mármore de Carrara, lustres de Murano, telhas francesas, espelhos italianos. Continua majestoso e hoje recebe apresentações populares de música e teatro, além de visitantes interessados em conhecer suas dependências. Estive lá duas vezes e fiquei perplexa diante do esplendor e do contraste daquele prédio suntuoso ao lado de uma floresta tropical e de sua vizinhança arquitetônica bem mais modesta.

Modesta em termos. O Largo de São Sebastião é amplo e belo, com o revestimento de pedrinhas pretas e brancas que mais tarde viria a inspirar o calçadão de Copacabana (as famosas ondas sinuosas surgiram primeiro em Manaus e representam o encontro das águas dos rios Negro e Solimões, nada a ver com o mar). No meio do largo está o monumento de Abertura dos Portos com um chafariz e esculturas de quatro caravelas, cada uma representando um continente, e em todo o seu entorno há casas históricas bem preservadas, muito coloridas, que hoje abrigam bares, restaurantes, centros culturais, sorveterias e lojas, sendo a mais atrativa delas a Galeria Amazônica, onde se vendem objetos de várias etnias indígenas (cestaria, quadros, redes, tapetes, artigos de decoração). Tentador. Aproveitei para comprar alguns utensílios de madeira e uma mochila de látex que usei até desmanchar, foi uma grande parceria. Pedro comprou três remos tribais que hoje decoram sua casa na Ilha dos Marinheiros, à beira do Guaíba, em Porto Alegre.

❖

Simplicidade e sofisticação. Emoções genuínas, beleza sem artifícios, poder sem empáfia. A Amazônia, com toda sua grandiosidade, é discreta. Não se impõe, existe. Ajuda o planeta a respirar. É mãe, acolhe. Terra de gente risonha, que reparte o que sabe e tem apego pelo que é natural. O sol cai, alaranjado. As águas caudalosas espelham a vegetação das margens. A samaúma, árvore colossal que atinge até cinquenta metros, está ali há quinhentos, seiscentos anos, e resistirá outras tantas centenas, alertando para o nosso tamanho: somos pequenos e passamos ligeiro pela vida. Deveríamos ser mais humildes e menos espalhafatosos. A Amazônia nos redimensiona, e faz isso com surpreendente afeto. É *jungle* para exploradores, não para os íntimos. Para quem ali vive, é uma casa, um lar estendido ao infinito, onde o céu e a terra se encontram.

Deslocados estamos nós, os ansiosos, os aflitos das selvas urbanas. Sem desmerecer as cidades que nos fazem felizes a seu modo, passei a entender que somos uma maioria de estrangeiros dentro do próprio país, vivendo longe da essência primária. Os confins são aqui, não lá.

UM PEQUENO PAÍS BEM RESOLVIDO

Várias razões fazem de mim uma fã do Uruguai: sua compostura, sua dignidade, sua gastronomia, sua simpatia, suas belezas naturais, tudo reunido em um território menor que o Rio Grande do Sul, onde moro. É um pequeno tesouro aqui ao lado, fazendo fronteira com a gente.

Por essa razão, bato o ponto uma vez por ano, quase sempre em Punta del Este, a minha Punta, que não é a mesma de argentinos, gaúchos e paulistas que lá passam seus verões. Há os que se isolam, alugando casas no meio do bosque e frequentando praias quase exclusivas, ou hospedando-se em hotéis butique e frequentando praias realmente exclusivas. É o povo bonito que se afasta do centro e se aproxima da localidade de José Ignácio, todos portando coloridos chapéus-panamá, longos camisões de linho e usando óculos escuros às nove da noite. São amigos de DJs.

De vez em quando encontro alguém da minha turma entre essa galera cool e topo o convite para um almoço num vinhedo afastado, ou para um vinho branco na privacidade de um clube fechado, mas, receio desapontar: sou provinciana. Gosto de caminhar no calçadão rente ao mar. Gosto dos restaurantes de frente para os barcos do porto. Gosto de bater perna por ruas que têm sorveterias e lojas multimarcas. Gosto da não exclusividade. Ficar muito apartada não me emociona. Camarote é bom em desfile de carnaval ou show de rock, quando uma mordomia cai bem, mas, no que tange à vida como um todo, gosto de estar no meio do buchicho.

O que não me impede de usufruir momentos sofisticados (e simples, como tudo que é verdadeiramente sofisticado). É o caso do Festival Internacional de Jazz de Punta del Este, que acontece desde 1996, no meio do campo, numa estância lindíssima chamada El Sosiego. Não é longe, basta pegar a estrada rumo a Punta Ballena. Antes de chegar à famosa Casapueblo, na parada 44 da praia Mansa, há um cartaz orientando para o desvio à direita: a partir dali, cerca de seis quilômetros de estradinha de terra conduzirão ao paraíso. Ao chegar, é só estacionar o carro no gramado, sob orientação de receptivos muito bem treinados. O ingresso é vendido na hora: cem dólares pelos três shows da noite. Em frente do palco, cadeirinhas de madeira a céu aberto. Os banheiros químicos estão sempre limpos – os organizadores não descuidam de nenhum detalhe. Há um grande quiosque onde se pode comprar vinho, *choripán* e outros quitutes para serem degustados na plateia mesmo, durante os shows. Se parece tudo muito modesto, talvez eu não esteja explicando direito: é elegância em estado puro. O primeiro show começa às oito da noite, durante o pôr do sol. Vacas e cavalos pastam calmamente nos arredores. O horizonte fica alaranjado atrás das colinas, as primeiras estrelas despontam no céu e, com uma qualidade de som e luz irretocável, você começa a assistir virtuoses do violoncelo, do piano, do trompete, da bateria – a plateia entrega a alma. Os artistas são de alto nível, músicos que tocam em Nova York, em Chicago, em New Orleans. Outros que vêm de ainda mais longe: armênios, suíços, israelenses. Tributos a Billie Holiday, Ella Fitzgerald, Miles Davis, Chet Baker, Gerry Mulligan. A direção musical do festival é do lendário cubano Paquito D'Rivera, que é o mestre de cerimônias e que se apresenta também, geralmente no último dia. Cada show dura cerca de uma hora, depois tem uns vinte minutos de intervalo até começar o outro, e assim a noite avança e esfria, você já vestiu sua jaqueta de couro, enrolou a echarpe no pescoço, tomou algum vinho e está inebriado pela sensação de escutar música extraordinária ao ar livre, em meio a um público de jovens, maduros e idosos que têm em comum o bom gosto, o refinamento e a educação diante um evento desse gabarito. É incrivelmente belo pelo repertório, pela afinação e pela experiência. Jazz internacional numa estância uruguaia. Acredite, você sairá de lá achando que cem dólares foi barato – sei que não é.

Punta del Este chega muito perto de ser o meu lugar ideal. Claro, nunca faltará quem reclame da especulação imobiliária, da quantidade de turistas nos verões, do preço alto que se paga sobre qualquer *medialuna* – tudo verdade. Ainda assim, existe uma coisa que se chama atmosfera. Punta del Este é refratária à vulgaridade. Suas praias, edificações, lojas, ruas – em tudo há um alinhamento que satisfaz os olhos e os sentidos. Quer bagunça? Existem inúmeros lugares bagunçados e adoráveis ao redor do planeta, repletos de cor e fúria – o que também adoro. Punta é outra coisa. É a junção do azul do mar com a arquitetura em linhas retas, é a loja de túnicas indianas ao lado da loja de velas artesanais, é o quiosque de sucos junto à sorveteria argentina, é a galeria de arte contemporânea que é vizinha de um antiquário a céu aberto, são as gaivotas, os lobos marinhos, os barcos, as bicicletas, o calor do dia e o friozinho à noite, as casas instaladas em jardins sem grades, o mar gelado aguardando os corajosos, os bares que brotam da areia, os horários desregulados: praia à tarde, jantar mais tarde ainda – eu não os cumpro, mantenho meus horários habituais (praia cedo, jantar cedo) e tudo bem. Punta é isso: um formidável "tudo bem" esparramado por uma pequena península que detém o título de local mais charmoso do universo. Título outorgado por mim, naturalmente, que às vezes me concedo uma autoridade inventada.

PAMPA PROFUNDO

Gosto muito de pisar descalça na grama, mas prefiro mil vezes pisar descalça na areia. Considere todas as variações entre campo e praia, e a praia vencerá sempre. O mar exerce sobre mim um poder terapêutico que não se iguala a nenhum outro. Mesmo quando bravio e temperamental, mesmo quando não exibe aquele improvável tom de turquesa dos cartões-postais, ainda assim o mar, do jeito que for, sossega minha alma. O campo deveria produzir o mesmo efeito. Sua horizontalidade infinita não seria uma espécie de mar também? Para buscar essa resposta, fiz a mala, calcei minhas botas e peguei a estrada no sentido oposto ao do litoral. Uma semana no Pampa profundo, lá fui eu.

Gaúcha que se preze tem bom relacionamento com vacas, figueiras, forno a lenha: por que eu seria diferente? Mas sou, um pouquinho. Já passei fins de semana na estância de primos, outros na estância do namorado, tudo ótimo, mas cronometrado: na terceira noite, começo a sofrer com o excesso de silêncio. Desta vez fui mais disposta, com um olhar treinado para os detalhes e a paciência mais esticada. Boa vontade faz milagres.

O Pampa é longe. Depois de quatrocentos, quinhentos quilômetros de asfalto, entra-se no chão batido, a poeira levanta e atravessa-se a campanha. Atrás das cercas, veem-se animais isentos de pressa, pássaros voando em câmera lenta, um peão solitário que espia por baixo do chapéu e acena. Está-se em outro tempo, em outro lugar. O carro estanca em frente a uma porteira fechada. O passageiro desce, abre, espera o motorista atravessá-la com o veículo, fecha novamente e retorna para seu assento, e a viagem continua até a próxima porteira, ou até que ela apareça: a casa.

Ela será branca e terá um passado. Os móveis contarão histórias de família. Tudo será original: a cerâmica do piso, as esquadrias pintadas de azul imperial, os baús e as cristaleiras. Nada será sintético ou terá a etiqueta da Tok Stok: de moderno, apenas a tela na janela dos quartos tentando impedir a entrada de mosquitos, apesar de um furo ou dois.

Os cheiros não virão apenas da cozinha e de seus feijões, carnes de panela e ambrosias. Os corredores e varandas também exalarão aromas. Da madeira do fundo dos armários. Do couro do tapete da sala. Da ferrugem dos ferrolhos das janelas. Falando em janelas: abra todas. Lá fora, há uma cartela com variações de verde que desafiam as aquarelas.

Uma bezerrinha se aproxima do pátio em busca de leite, perdeu-se da mãe. O cavalo, ao longe, na pastagem, não se dá conta de que é um rei. Répteis rastejam em pontos distantes – ou talvez perto demais, ninguém quer pensar nisso. E há os cachorros, vários, magros, os menores e os maiores, e alguns gatos.

As horas escorrem vagarosamente, até fechar um longo dia inteiro. Vozes se mantêm em tom adequado, não é preciso gritar, o silêncio é um aliado da educação. As prosas são demoradas depois que a lida termina, e acontecem invariavelmente em torno do fogo para o churrasco. Ou na roda do mate.

Administrar uma propriedade rural não é tão diferente de comandar uma empresa, exige planilhas, funcionários, dedicação. Há que se gerenciar o deslocamento do gado, o cultivo da lavoura, a manutenção das cercas elétricas, o pastoreio, a barragem, as sangas, as mangueiras, a capinagem, os silos e, claro, a rede wi-fi. A tecnologia não é uma forasteira, ao contrário, integrou-se às demandas da rotina campeira, mas sem a obsessão urbana. Serve para o que tem que servir.

É uma vivência essencial, primitiva, de uma simplicidade que não envergonha, e sim orgulha, e será preciso outras tantas semanas de imersão para encontrar as palavras certas para o tanto que ainda há para contar. Sobre o vento que compõe sinfonias em parceria com as ramagens das árvores. Sobre perdizes, beija-flores e cardeais de topete vermelho – e sobre um pássaro cor-de-rosa que os desavisados acreditarão ser um flamingo, mas é o colhereiro sobrevoando os banhados. Sobre as paineiras e suas sombras que convidam para uma sesta. Sobre o trote curto da égua mais mansa, adequada aos visitantes que nunca ficam tempo suficiente na estância para aprender a selar seu próprio animal. Sobre as ovelhas reunidas pelo border collie, um dos mais belos espetáculos coreográficos do campo. Sobre os bambuzais e seus ruídos enganadores. Sobre o vocabulário peculiar do pessoal que vive rente à fronteira, quase em outro país. Estou assimilando. Mansamente, como convém. Não é mar, é outro mergulho.

MAR, AMOR E MEDO

Gosto de bicicleta, carro, trem, ônibus, avião. Qualquer meio de deslocamento me atrai, incluindo utilizar os próprios pés. Por barcos, no entanto, não tenho a mesma paixão. Navegar em rio não chega a me afligir, como quando fui para o Amazonas, onde deslizamos por águas serenas. Já sobre o mar, prefiro nenhuma embarcação. Sobre o mar, navego apenas com o meu olhar perdido e apaixonado. É um amor difícil de definir, mas vou tentar.

Considero a primeira sílaba do meu nome uma homenagem registrada em cartório. Para me seduzir, basta dizer a frase mágica: "Tem vista pro mar". Eu vou. Já fui. É de frente para o mar que sinto que cheguei, que estou onde preciso estar. Deve ser porque ele me redimensiona. Vivemos numa sociedade tão ególatra que convém se aproximar daquilo que é bem maior que nós. Se estou sofrendo, chego perto do mar e ele diminui a minha dor, dá a ela um tamanho justo, e se estou muito feliz, a mesma coisa, chego perto do mar e ele acalma meu êxtase, me oferece uma felicidade mais mansa. Com essa influência terapêutica sobre mim, deveria gostar de barcos, por que não? Mas tenho pavor de me sentir à deriva. Barcos sugerem dispersão, não voam rápido em linha reta, não são focados como as aeronaves. São lentos. Sobra muito tempo para eu me sentir vulnerável.

Ou talvez seja influência dos filmes catástrofe que assisti na infância, como *O destino de Poseidon*. Ondas gigantes me apavoram. É estranho, pois adoraria conhecer Nazaré, em Portugal, praia mundialmente conhecida por suas ondas descomunais – o fenômeno é causado por um extenso cânion submarino que, aliado a outros elementos da natureza, provoca aquelas imagens impressionantes que todos já vimos em vídeos e fotos: parece que as ondas invadirão o mirante onde as pessoas se reúnem para admirar o desempenho dos surfistas mais audaciosos do ranking. Fico perplexa. Não é raro eu sonhar com ondas ameaçadoras, e acordo sentindo um misto de choque e deslumbramento.

O mar me conforta como se fosse uma religião. É como se o sagrado se apresentasse à altura dos meus olhos, e não no céu. Respeito seus variados humores: pode estar pacífico ao amanhecer e furioso ao cair da tarde. Mais corajosos que os surfistas são os que ganham a vida com a pesca. Afastados da praia e de um incalculável horizonte, podem ser surpreendidos por uma tormenta e lá mesmo ficarem sepultados – a meteorologia não é exata, o tempo vira. O oceano, em sua grandiosidade e mistério, não me deixa esquecer do imediatismo das transformações, só que não sou dada a rompantes, prefiro que a vida me transforme em câmera lenta.

Logo eu, amante da estrada: o mar também é um caminho. Sem sinalização, sem curvas, com fronteiras invisíveis que me custam muito a atravessar. Na primeira tentativa, desertei.

Eu era uma meninota de no máximo nove anos quando vi meu pai, minha mãe e meu único irmão, mais novo que eu, entrarem num avariado barco de pescador que os levaria a uma ilha distante alguns quilômetros, um passeio matinal de sábado durante as férias. Era para eu ir junto, fazia parte da família. Mas na hora de embarcar, observei a quantidade de ondas que teriam que ser vencidas na rebentação e tive um troço. Não quero. Não vou. Todos já estavam sentados sobre as ripas de madeira que serviam como banco, e aquela criança chata na beira da praia dizendo que não ia. Improvisaram um plano B às pressas: recebi instruções para voltar imediatamente para a casa da vó Iby, nossa anfitriã naquele verão. O barco já iniciava o caminho do azul atlântico quando reparei no ar preocupado de minha mãe. Mandei para ela um abano tranquilizador, "deixe comigo". Então virei as costas e regressei a pé pela areia da praia, sozinha, me considerando uma adulta emancipada. Quando cheguei à casa da avó, almoçamos juntas e aquele pingo de gente que eu era sentiu uma solidez inédita que, ainda não sabia, viria a ser permanente.

Nem sempre tive a alternativa de dar meia-volta e seguir meu rumo. Outros barcos vieram, inevitáveis. Como quando tive que ir de Amsterdam a Londres durante uma mochilagem que fiz em 1986, quando ainda não existia o túnel subterrâneo que atravessa o Canal da Mancha. Sem verba suficiente para arcar com um voo entre os dois países, entrei num barco enorme, escolhi um canto vazio e dali não me movi, não me mexi, não falei com ninguém, não existi. Enjoo transatlântico.

De Mykonos para Santorini, foram várias horas embarcada sobre um mar verde eucalipto, cercada por turistas de várias nacionalidades, todos superlativamente alegres: consegui oferecer a eles, no máximo, um esgar de sorriso. Grécia, poxa. Não dava para ser antipática, mesmo mareada. O esgar de sorriso foi meu salvo-conduto. Ninguém percebeu que eu queria morrer.

Houve uma lancha entre a praia de Bombinhas e Itapema, concessão em nome da amizade. Houve outra lancha entre Salvador e Morro de São Paulo, concessão em nome do amor. E passeios em Fernando de Noronha e na Tailândia, concessões em nome de Deus: não podia ser indelicada com Ele, criador de cenários que roubam o tino. Mas não me convide para um cruzeiro. Por favor.

Passados anos e anos de terra firme, em 2017 fui convocada a fazer parte de um tour cultural pelo Rio de Janeiro: um grupo fechado visitaria museus, bibliotecas, igrejas, teatros e centros culturais. Para descontrair, havia no roteiro um passeio de barco até as ilhas Cagarras (cinco quilômetros de distância da orla de Ipanema). Respirei fundo. Tudo bem, sou uma adulta sênior, defensora das mudanças de opinião: hora de reconsiderar. E lá fomos nós. Era para ter sido realizado por uma turma de quinze amigos, e foi; era para ter tido sol naquele sábado de manhã, e teve. E a parte boa da história termina aqui. Agora vem a parte em que tudo saiu fora do previsto, ou seja, a parte inesquecível.

Era para termos alcançado as ilhas e desligado os motores. Então ficaríamos nos bronzeando no deck do barco, sendo atendidos por um garçom gentil que nos serviria drinques, enquanto ouviríamos música boa e conversaríamos sobre amenidades. Era para alguns terem mergulhado no mar enquanto outros ficariam beliscando canapés, até que todos se juntariam para um almoço espetacular a bordo. As fotos iriam bombar no Instagram.

Porém o mar estava mexido além da conta. Durante a ida, o barco começou a adernar perigosamente de um lado para o outro. Algumas pessoas que estavam sentadas em pequenos sofás e cadeiras de vime, no andar de cima, ficaram cristalizadas pelo medo, só que nada paralisava. Os móveis deslizavam da esquerda para a direita do convés, como se tivessem rodinhas, mas as pessoas mantinham-se sentadas, grudadas em seus assentos derrapantes, mesmo prestes a serem ejetadas. Onde eu já havia visto aquela cena? Em alguma comédia dos Trapalhões? Optei por achar engraçado. O ataque de riso seria minha melhor defesa.

O garçom era o mais nauseado. Trocava as pernas, em desequilíbrio preocupante, até que se sentou no chão e abraçou-se a um cano. Dois metros de homem, todo vestido de preto: lívido. Que não pedissem nada a ele, já estava fazendo muito favor em não vomitar. Coisa que uma das amigas já não evitava. Com meio corpo para fora do barco, despejou no mar a alma inteira e mais um bônus. E os sofás e cadeiras continuavam dançando no convés com as pessoas ali sentadas, feito xícaras gigantes de um parque de diversões.

Houve parada. Houve espumante. Houve canapés. Houve calmaria. Tudo depois de retornarmos, claro. Atracados na Marina da Glória, sem nem uma marola que nos desestabilizasse, finalmente fizemos pose de magnatas para as fotos, com nossos cálices erguidos num brinde à sobrevivência. Rico que é rico mantém o barco ancorado e recebe os amigos junto ao trapiche, fingindo que está em Montecarlo. Não sai mar afora, isso é coisa de pobre, decretou um piadista, inspirado por Caco Antibes.

O garçom? Se recompôs e foi até a proa tirar uma selfie. Era a primeira vez que pisava numa embarcação e que trabalhava em alto-mar, fez questão de registrar para mostrar à patroa, pois, depois daquele dia, nem que Iemanjá implorasse. Já deve ter pedido demissão para o dono do barco e voltado para trás do balcão de algum pé-sujo, como todo trabalhador ajuizado que zele por sua segurança.

Será que existe um modo de zelar por nossa segurança ou isso é fantasia? Às vezes, nem dentro de casa temos paz. Nunca relacionei viagens com perigo, mesmo sabendo que nem sempre as coisas funcionam como queremos. Deixei esse relato burlesco para o final, pois o passeio fracassado até as Cagarras teve uma função terapêutica também. Em vez de lamentar a má sorte daquele sábado de mar revolto, o que o grupo fez? Celebrou juntos mais uma história para contar. E confirmou um dos segredos do bem viver: permitir que o humor protagonize a cena diante das coisas que dão muito errado.

RIO DE JANEIRO, REVISTO E AMPLIADO

Copacabana é nosso cartão-postal internacional, mas é em Ipanema e Leblon que perambulo pelas ruas como se estivesse no corredor do meu apartamento. Conheço cada rachadura na parede e cada árvore do caminho, e está tudo tão estruturado em seu lugar que parece que nunca venta nesses bairros, mesmo quando o tempo fecha. É o Rio do turismo descontraído, dos artistas, dos sarados e dos gaúchos deslumbrados: a ficha 1 é minha. Já me hospedei em quase todos os hotéis que ficam entre os dois bairros (ainda sonho com uma noite das arábias no Fasano, ainda que o Arpoador não esteja incluído nessa história), mas batia ponto no finado Everest, onde tinha até um quarto para chamar de meu, tal era a constância e a intimidade com a casa. Até que comecei a namorar o Pedro, outro maluco pelo Rio (ele retruca dizendo que a ficha 1 é dele). Proprietário de um apartamento que fica na fronteira entre Botafogo e Flamengo, tem a cara de pau de dizer que eles fazem parte do Rio tanto quanto Ipanema e Leblon.

Ah, o amor e suas exigências. Não foi fácil, para mim, trocar o calçadão da Vieira Souto pelo calçadão da Baía de Guanabara, mesmo tendo, a partir de então, o privilégio de ver aquele colosso emergindo do mar, o Pão de Açúcar. Acostumada com meu itinerário à beira-mar de Ipanema, no primeiro dia como hóspede do Pedro, não consegui abstrair durante a caminhada matinal: cadê as ondas do posto 9, as cangas, o beach tênis? Minha teimosia iniciou de manhã e durou a tarde inteira, até que à noite fomos jantar no Lamas. Na segunda garfada do filé com molho de mostarda, eu já tinha esquecido de todos os restaurantes charmosos daqueles bairros longínquos, aqueles lá, colados ao morro Dois Irmãos.

Começo de namoro é assim: você perde algum tempo comparando a realidade atual com a que ficou para trás e, se for inteligente, passa uma borracha no passado e se joga na oportunidade nova que a vida está oferecendo. Com a vantagem de, em se tratando de uma cidade, não ter necessidade de substituir uma coisa por outra, é só acumular. Se antes eu abria o mapa do Rio de Janeiro em quatro partes, comecei a abrir em dez. A cidade se expandiu. Minha vida também.

Eu já havia degustado Botafogo rapidamente, em 2017, quando me hospedei no Yoo2, só que naquela ocasião não arredei pé do hotel, não havia razão para sair, estava tudo ali dentro, ao alcance dos olhos e dos ouvidos: o Pão de Açúcar orgulhoso da própria majestade, a bossa nova sonorizando os ambientes, o terraço com vista para a baía e para a Urca, os elevadores com grafites vertiginosos de pop art e os quartos equipados com três clássicos da cidade: o design carioca, a vista para o Cristo e os biscoitos Globo. Gostei tanto que cheguei a festejar meu aniversário no terraço do último andar, no entardecer do domingo mais cinzento da história do Rio de Janeiro, num dia gelado e chuvoso de agosto, o que não impediu meus amigos de, heroicamente, saírem de casa para me ver. Meu ego sobrevoou a Guanabara. Forasteiros se comovem com amor verdadeiro.

Então, um ano depois, em 2018, Pedro irrompe na minha vida trazendo no pacote um endereço no bairro, em um prédio antigo, com sacadas minúsculas e peças amplas. Venci a resistência e passei a valorizar os passeios pelas alamedas vizinhas, a apreciar o comércio local, as padarias secretas, as floriculturas, os botecos e a caminhada até a Praça São Salvador, na fronteira entre o Flamengo e Laranjeiras, que no fim de semana reúne artistas amadores e profissionais para a mais preciosa roda de chorinho do país. Funciona assim: chega um, chega outro, o povo vai circundando os instrumentistas, se acomodando na mureta e pronto. Show gratuito e consagrado há mais de dez anos.

Um lugar na janela 3

Botafogo e Flamengo são bairros bivitelinos, assim os considero. Não enxergo a exata limitação entre eles. As famílias quatrocentonas do Flamengo têm uma queda pela boemia botafoguense, são opostos e consanguíneos. Falo sem propriedade alguma, mas é como me situo: quinze minutos depois de deixar uma trouxa de roupa na lavanderia botafoguense, estou com um pastel de camarão na mão e um chope na outra, e são apenas onze da manhã no Belmonte, de frente para o aterro.

É a região do Rio em que os edifícios ostentam grandes portões onde antigamente atravessavam as caleças e seus cavalos, época em que um veículo de quatro rodas seria considerado delírio espacial. Há uma nostalgia no ar que se intensifica ao chegarmos perto do Palácio do Catete. Percebo um ar de domingo em qualquer dia da semana.

E já que fui tão longe (longe?), que eu abrace todos os Rios desse Rio de Janeiro. O bairro de Santa Tereza, para começar, com suas ladeiras íngremes, trilhos nostálgicos e portas estreitas que conduzem a um restaurante vegetariano, a um bar de petiscos ou a uma loja de decoração colonial. Virando a esquina, passando o segundo poste, estão as cores vivas das paredes e janelas, as galerias a céu aberto, os quiosques vendendo batidas e caipirinhas de múltiplos sabores, os antigos armazéns e casarões que hoje dão fama ao circuito gastronômico e artístico. É a maior concentração de simpatia da cidade (se bem que esse pódio é questionável, quem não é simpático no Rio?). O bondinho passa apinhado pelo Largo dos Guimarães e os turistas posicionam seus celulares para todos os lados. Alguma música toca ao fundo. Nos muros e garagens há poemas grafitados, e a isso se chama uma cidade contente.

O Rio de Janeiro respira muito perto do nosso peito. O corpo dele e o nosso se esbarram e não sem efeito: trocamos olhares, sorrisos e promessas. A Gávea pulsa mais noturna que diurna, o Jardim Botânico tem dois grandes parques para chamar de seus, a Lapa joga sinuca a noite inteira e faz samba e amor até mais tarde, a Urca é uma cidade do interior que foi abençoadamente protegida da especulação imobiliária, e todos esses bairros estão incluídos numa só célula latejante que não adoece (ou, de tão adoecida, nem parece). O Rio de Janeiro é uma febre alta que ameniza ao meio-dia, retorna quente à tardinha, te amolece e de repente te conduz para o chuveiro, de onde você sai refeito rumo ao centro, dentro de um táxi, sem medo, convalescente. Rio, meu outro porto, doido, dolorido e valente que só ele.

❖

PS: Depois de escrever esse texto, aconteceu de um dia visitarmos um querido amigo que mora na rua Nascimento Silva ("...*você ensinando pra Elizete as canções de canção do amor demais...*") e isso ter gerado no Pedro uma epifania, se é que posso chamar assim a frase que ele me disse no táxi, no caminho de volta pra casa: "Vou vender o apartamento de Botafogo e comprar um em Ipanema", como se estivesse falando de vender sanduíche natural na praia. O que aconteceu depois disso? Em menos de dois meses ele tomava posse das chaves de um apartamento em frente à Lagoa Rodrigo de Freitas e preparava a mudança. Juro que não tenho nada a ver com isso, meu poder de persuasão não chega a tanto. Mas está sendo lindo vê-lo acordar às cinco da manhã e atravessar a rua com a prancha embaixo do braço para praticar stand up paddle ou para encontrar a turma que rema nas canoas havaianas, enquanto eu durmo um pouquinho mais. Então ele retorna, me encontra já desperta e damos juntos nossa habitual caminhada até o Arpoador, que, pensando bem, merece, sim, ser incluído nesta história.

PORTUGAL, O REENCONTRO

Por volta de 2006, meu livro *Divã* foi lançado em Portugal sem divulgação, sem sessão de autógrafos e quase sem editora, pois a única que se habilitou a me abrir as portas para o mercado luso, a Palavra, fechou logo depois, me arrastando para o sumiço antes mesmo que eu conseguisse aparecer. De vez em quando, algum turista brasileiro se deparava com meu *Divã* numa livrariazinha do interior ou num sebo da capital, fotografava a capa e me mandava por whatsapp para ninar meu ego: "Olha o que encontrei por aqui". Então eu lembrava que já havia esparramado minhas ideias por esta terra irmã, ainda que apenas para meia dúzia de leitores.

Até que, em 2019, surgiu uma oportunidade restauradora. Para celebrar meus 25 anos como colunista de jornais, a editora Planeta propôs publicar minhas cem melhores crônicas numa edição com lançamento simultâneo no Brasil e em Portugal. Comecei a arrumar a mala antes mesmo de assinar o contrato. Minha primeira sessão de autógrafos fora do país estava a caminho.

O dia marcado para o lançamento era 2 de outubro. Dizem que acaso não existe, mas o fato é que Pedro participaria de um seminário em Toledo, na Espanha, na última quinzena de setembro – providencial. Ele partiu antes e combinamos de nos encontrar em Lisboa, quando ele teria terminado seu trabalho e eu estaria prestes a iniciar o meu.

Aterrissei na manhã do dia 29 de setembro e fui direto para o Hotel da Baixa: ótima localização, quarto minúsculo, banheiro enorme, vista longínqua para a Praça do Comércio. Nunca fui muito exigente com hotéis, o simples fato de estar longe do meu domicílio de origem me faz oferecer ao estabelecimento uma estrela extra, mas de alguma vista panorâmica eu não abro mão.

Pedro, ansioso por rua, me deu dez minutos para acomodar minhas roupas no armário. Utilizei nove e no décimo já estávamos caminhando em direção ao Mercado da Ribeira, repleto de quiosques charmosos e mesas comunitárias, onde nos instalamos, vorazes por um presunto ibérico e um queijo da serra da Estrela. A viagem começou pela gastronomia – um clássico, já que chego sempre com fome.

Caminhamos pelo Chiado, voltamos para o hotel a fim de namorar (aquela coisa antiquada que se faz para matar a saudade) e retornamos de novo para a rua: trilhamos a avenida Liberdade e chegamos a entrar no

JNcQUOI, bar que naqueles dias era o ponto carimbado pelos modernos, mas o bom de se ter quase sessenta anos é não precisar mais ser moderno. Demos uma olhada e voltamos para a Baixa e para o Restaurante do Azeite, adequadamente instalado dentro do nosso hotel e com mesas na calçada, e ali apreciamos o primeiro bacalhau do resto de nossos sete dias.

Na manhã seguinte, programa obrigatório em Lisboa, e não é o fado: pedalar pela orla do Tejo. Fomos direto para a Bikeiberia, trocamos quinze euros por cada bicicleta e percorremos a longa ciclovia, sem a menor pressa (no turismo, como na vida, mais vale o trajeto que o ponto de chegada), até alcançar a Torre de Belém e sua vizinhança. Claro que entramos no Centro Cultural de Belém e óbvio que comprei umas porqueiras adoráveis na lojinha do museu, e visitamos também o prédio impactante do MAAT (Museu de Arte, Arquitetura e Tecnologia), mas o acervo não arrebatou nossos criteriosos corações. Prêmio de consolação: na rua de trás, uma mostra meio estranha (para não dizer assumidamente fake) do Bansky, grafiteiro inglês, compensou o passeio em termos culturais.

O melhor de tudo foi o almoço no Cinco Oceanos, quase embaixo da ponte, nas docas de Santo Amaro. Quebras de rotina: almoçar às três e meia da tarde de um dia útil, numa cidade ensolarada e distante da sua, é sempre um programão.

Um lugar na janela 3

Corte rápido para a noite, pois o vinho branco do almoço entorpeceu a memória e já não lembro as pedaladas de retorno. Estamos com um casal de amigos brasileiros, Andrea e Renato, num local incrível chamado Pensão do Amor, na rua do Alecrim. É um antigo prostíbulo que manteve sua atmosfera "pecaminosa": paredes vermelhas, assentos de veludo, candelabros com velas derretidas e uma trilha sonora desaconselhável para virgens. Bares temáticos, você sabe.

Depois de uns tragos, saímos dali em busca de algo para comer que fosse consistente e menos suspeito, e, quase ao lado, estava a opção contraditória: um lugar clean e iluminado. O Peixola é atendido por uma baiana simpática e vivaz. Devidamente alimentados, de lá nos despedimos do casal e voltamos a pé para "casa", sem contar quantas quadras nos distanciavam do hotel – mal sentíamos as pernas.

Véspera do lançamento do livro, ainda tínhamos 24 horas de agenda livre. Fomos direto ao Cais do Sobral pegar um trem para Cascais, local que eu havia jurado a mim mesma nunca mais voltar, já que havia enterrado por lá uma dor e não fazia a menor questão de me deparar com fantasmas. Mas o tempo havia passado e havia outro amor ocupando meu coração, que perigo poderia me alquebrar? (Desculpe esse verbo tão polido, deve ser a influência lusa.) Descemos do comboio e caminhamos até a fortaleza, onde nos aguardava, de braços e sorriso abertos, a simpática Francisca, proprietária da livraria Déjà-Lu, fincada em seu reino encantado e que, de forma comovente, reverte parte do lucro das vendas dos livros (ninharia, quase nada) a entidades voltadas para pessoas com Down. O que sobra para ela? Dignidade, esse bem incalculável.

Almoçamos no aconchegante Marítimo, numa mesinha na rua, sob uma árvore protetora. Do meio da tarde à tardinha, demos um último rolê e, no trajeto de volta à Lisboa, apagamos no vagão, não lembro de nada: isso está ficando recorrente, eu sei. Mas a recuperação nunca demora: à noite, tivemos conversas acaloradas e divertidas com Dulce, na época funcionária da editora Planeta Portugal, e que, se não me falha a memória, também era grande apreciadora do vinho verde, essa tentação sem hora marcada.

No amanhecer do grande dia, fingi que era um dia qualquer: não fiquei nervosa, não entrei numa igreja, não tomei um Rivotril. Às nove da manhã, depois das frutas e frios do pequeno almoço (nós, brasileiros, conhecemos apenas o farto almoço, ao meio-dia), Pedro e eu pegamos um elétrico, como são chamados os bondes em Lisboa, e alcançamos a parte alta da cidade, dispostos a descê-la caminhando. Percorremos várias ladeiras, ruas, becos, vielas, até chegar ao restaurante La vita è bella, onde qualquer item do cardápio é uma promessa de banquete. De sobremesa, fui fazer as unhas. Uma sessão de autógrafos me aguardava.

A sessão iniciaria às seis e meia da tarde, mas a editora havia me pedido para estar lá algumas horas antes a fim de conversar com jornalistas, tirar fotos, enfim, o rapapé que faz a gente se sentir importante. Então, às quatro e meia eu estava na rua da Escola Politécnica, encantada com a minha boa sorte: bem ao lado da Livraria da Travessa (sim, a *nossa* Travessa) fica a Casa Pau-Brasil, um palácio de seiscentos metros quadrados onde é exposta arte brasileira contemporânea de vanguarda. Mobiliário, moda, acessórios, produtos de beleza e gastronômicos. Naquela mesma tarde, a jornalista paulistana Mônica Figueiredo estava recebendo amigos para celebrar seus lindos bordados, então passei ali para dar um beijo nela e lembrar seus convidados de que eu estaria na porta ao lado (torcia para que sobrasse um carinho para mim também).

Entrei na livraria. Estava vazia. Meu livro não estava na vitrine, como seria recomendável para uma noite de estreia. Dulce, a representante da editora, ainda não havia chegado. O clima era de "me enganei de dia, só pode". Até que uma menina, sentada em um recanto, aproximou-se com meu livro nas mãos e começou a chorar. A chorar mesmo, emocionada por me conhecer. Mônica, outra Mônica. Uma fã, deus do céu, e das mais fiéis. Havia esperança. Na dúvida se apareceriam outras pessoas, perguntei a ela se poderia aguardar até o início do evento, haveria um bate-papo antes dos autógrafos, e ela prontamente respondeu que seria a última a deixar o local, tinha chegado cedo por conta da ansiedade. Que alívio, estava garantida ao menos uma presença. Quem já fez uma sessão de autógrafos entende bem esse sentimento. Já fiz dezenas de sessões em trinta anos de atividade, e não dá outra: no dia, a gente acorda com a sensação perturbadora de que todos os habitantes da cidade têm algo mais importante a fazer do que ficarem estaqueados numa fila à espera de uma dedicatória e uma selfie. Não importa que eu já tenha entrado na fila de outros autores uma centena de vezes e saiba que a espera não mata nem tira pedaço. Quando sou eu que preciso ficar sentada atrás da mesa, miseravelmente suplico para que meus piores pesadelos não se realizem.

Uma atendente da Travessa apareceu e me chamou para uma sala ao fundo, onde dois ou três jornalistas me aguardavam. Vi que Pedro estava zanzando entre as estantes e confiei a ele a missão de, caso não aparecesse ninguém, oferecer dinheiro para os pedestres entrarem na loja. Cachê para figuração. Ele riu e mandou eu sumir dali, quando voltasse os livros estariam na vitrine e a sala cheia. Conformada, entrei numa sala de livros infantis, quase secreta, e dei entrevistas para sites de literatura: se não houve divulgação prévia, ao menos haveria divulgação posterior, era um alento. Então surgiu Filipa Martins, escritora portuguesa, linda, jovem: ela faria a apresentação do meu livro para o público (se houvesse público). Me chamou para um canto e me entrevistou também, havia sido incumbida de escrever uma matéria para o principal jornal do país, a coisa estava ficando séria. Eu custava a entender as perguntas de Filipa, ela falava muito rápido, escondendo as vogais entre as consoantes, o que pode desesperar até quem é fluente no mesmo idioma. Misericórdia, Filipa. Então Dulce surgiu, tinha ido ao cabeleireiro, por isso o atraso.

A atendente da livraria voltou para nos resgatar dos fundos. Vamos? Já são seis e meia. Não sou de fazer o sinal da cruz, então não fiz, mas deu vontade. Autografar fora do país, que ideia de jerico, eu pensava. Filipa, Dulce e eu a seguimos até o salão principal da livraria e, enquanto atravessava um corredor, pude escutar o burburinho. De repente, fiquei calma.

A mesa de autógrafos, enorme, foi ocupada por nós três, eu ao centro. À nossa frente, todas as cadeiras ocupadas e, pousada no colo de cada leitor, a coletânea O meu melhor, com minha foto estampada na capa (foto de capa é sempre fake news – imagino a decepção de quem finalmente conhece a "modelo" ao vivo, sem retoques). Me vi nas mãos daquelas mulheres e homens sorridentes, segurando dois, três exemplares cada um – estávamos a poucos meses do fim do ano, o Natal não demoraria, eu seria dada de presente aos familiares dos leitores. Havia muitos livros a autografar, gente em pé que não conseguiu lugar, e Pedro atrás de todos, com o celular a postos, filmando a função. Até hoje tenho dúvidas se ele levou meu projeto de corrupção a sério.

Filipa apresentou o livro, analisou-o, leu trechos, arrancou aplausos. Dos setenta por cento que compreendi de sua fala, eram elogios mesmo. Dulce, em nome da editora Planeta, fez uma breve e carinhosa apresentação também, e então eu agradeci a presença de todos, disse alguma coisa politicamente correta, seguida por uma politicamente incorreta para que ninguém pegasse no sono, e a sessão de autógrafos começou, com uma fila de bom tamanho para uma estrangeira.

A escritora Stella Florence, querida amiga que hoje mora em Sintra, estava lá com o namorado George e reservei-a para o final: vamos jantar quando tudo isso acabar?

Lá pelas tantas, duas presenças vips: o ator Marcos Caruso e a atriz Vera Holtz, dupla que andava lotando o teatro Tivoli com a peça *Intimidade indecente*, que eu já havia assistido no Brasil, mas pretendia rever com Pedro nos dias subsequentes.

E a fanzoca Mônica, adorável chorona, cumpriu o prometido: foi a primeira a chegar e a última a sair, deixando uma autora comovida.

Um lugar na janela 3

Havia dado tudo certo. O povo se dispersou e Pedro e eu fomos jantar com Stella e George num restaurante libanês vizinho à livraria. Só então me dei conta de como estava cansada. E de como estava feliz.

O dia seguinte foi de entrevistas presenciais em estúdios de rádio e para algumas revistas femininas, cujas jornalistas foram me encontrar no hotel. Só à tardinha é que consegui voltar à lua de mel, quando fui conhecer com Pedro o animado XL Factory, um complexo de lojas, cafés, livrarias e start-ups no bairro de Alcântara, onde antes havia uma zona industrial escondida da população e dos turistas da cidade. Mas a lua de mel não durou muito – ah, as brigas de viagem. De noite, depois de um jantar maravilhoso no Darwin Café, na Fundação Champalimaud, à beira do Tejo, alguma coisa desandou entre nós e entramos emburrados num táxi, Pedro bastante inclinado a não me dirigir a palavra, nem naquela noite, nem nunca mais. Ao chegarmos ao hotel, subi para o quarto e ele saiu para uma caminhada noturna. Por que contar essas pequenas intimidades? Ora, porque elas também fazem parte do pacote turístico. Que jogue a primeira pedra quem nunca. Muito grude, muito amor, muitas risadas, muitas fotos para o Instagram, aquela perfeição que parece inabalável, até que uma discussão besta descarrilha tudo, como uma súbita tempestade que cai na beira da praia. Acontece nas melhores viagens – nas piores, quase sempre. Conheço casos em que o entrevero não se soluciona e cada um pega seu rumo: um vai para a Eslovênia e o outro para a Islândia, e dali para novos destinos amorosos. Não foi nosso caso. Pedro chegou da caminhada tarde da noite e me encontrou desperta.

Tubarões, arraias e medusas testemunharam a restauração do namoro na manhã seguinte. O Oceanário, no Parque das Nações, nos arrastou para as profundezas dos mares, deixando-nos hipnotizados diante do balé de tantos peixes impressionantes desfilando em seus aquários gigantescos. Virei criança. Foi preciso muito vinho branco no restaurante 100 Maneiras para eu reativar o modo adulto. E, depois de um aperitivo no rooftop Topo (ao lado do elevador de Santa Justa) e de percorrer os altos e baixos lisboetas, terminamos o dia sentados na plateia do teatro Tivoli. Prometi que levaria Pedro para ver *Intimidade indecente* e cumpri. Peça extraordinária, atestada pela plateia lotada que ficou minutos incontáveis aplaudindo Caruso e Vera de pé, e olha que esse tipo de gentileza não é um hábito europeu. Levanta-se apenas para quem merece mesmo.

Portugal, de pé te aplaudo também, pelo mesmo motivo. Porque mereces mesmo.

MI BUENOS AIRES
(*MÁS O MENOS*) QUERIDO

Não costumo receber miradas de ódio, mas nunca esqueci a vez em que estava à mesa de um restaurante em Porto Alegre, cercada por pessoas que conhecia quase nada, quando cometi o atrevimento de dizer que preferia Santiago do Chile a Buenos Aires. O fato de eu já ter morado em Santiago não amenizou a perplexidade com que minha singela opinião foi recebida. Um dos participantes da mesa me fulminou com um olhar que traduzia tudo o que ele teve a educação de não pronunciar em voz alta ("sonsa, ignorante, provinciana!"). Em vez de me insultar, ele limpou a garganta com um pigarro e disse algo como "Tua revelação me causa certo espanto", tentando manter o autocontrole enquanto recolhia uma espuma esbranquiçada que escorria pelo canto da boca.

Pouco importa o que eu prefiro, a questão é que tenho com Buenos Aires uma relação cordial, mas não apaixonada. Compreendo que seja uma metrópole que seduza legiões de adoradores, em especial os gaúchos, vizinhos de porta (nem duas horas de voo). Esteja a capital da Argentina vivendo o apogeu ou enfrentando mais uma crise econômica, sua aura clássica é um ímã.

Então, o que acontece comigo? Também não sei. Tenho dificuldade de recordar as vezes em que lá estive, e isso deve significar alguma coisa. Quando foi a primeira vez? Acho que foi com meus pais, por volta de 1984 ou 1985. Não consigo precisar. Em se tratando de uma mulher que nunca esqueceu nem mesmo o passeio organizado pelo colégio a um parque do subúrbio, parece implicância dizer que não lembro direito da minha primeira vez em Buenos Aires, mas não lembro. E trauma não é o motivo: nunca sofri violência por lá, nem mesmo me serviram uma carne bem passada, o que seria imperdoável, então por que essa amnésia?

Nada a dizer em minha defesa, meritíssimo. Vamos ao relato possível. Acho que fomos de avião. Acho que nos hospedamos perto da Calle Florida. Acho que era inverno. Certeza, mesmo, tenho que a família estava completa e que uma noite meu irmão e eu nos rebelamos contra um programa sugerido pelo pai, algo que nos pareceu careta aos vinte anos (e que tampouco lembro o que era), então nos desgarramos e saímos os dois caminhando rumo a um clube de jazz, onde nos sentamos numa arquibancada de madeira e assistimos a uma apresentação de músicos que tinham menos que a nossa idade, e foi bom – mas o semblante do pai permaneceu fechado o resto da viagem. Lembro também que comprei um blusão de lã para levar de presente ao meu namorado na época. Era de um azul magnífico (o blusão, lógico), supus que ele não resistiria e acabaria me pedindo em casamento.

E é tudo. Não há uma única foto para provar que estive em Buenos Aires nessa ocasião, o que é intrigante, já que a família nunca viajava sem uma câmera. A não ser que o pai, na volta, tenha picotado todas as fotos, em retaliação à atitude afrontosa da dupla de filhos. O blusão tampouco resistiu para ilustrar a história. Meu namorado adorou o presente, vestiu o magnífico tricô assim que o recebeu e fomos jantar numa cantina, e juro que ele nunca esteve tão elegante. Mas talvez por um ciúme inconsciente, a mãe dele pegou o blusão, colocou dentro de uma máquina de lavar e dali o blusão saiu do tamanho de uma roupinha de poodle, sendo que meu namorado media 1 metro e 87. Sei que era 1 metro e 87 porque me casei mesmo com ele, essa parte deu certo.

A segunda vez em que passei por Buenos Aires foi sete meses antes de nos casarmos, em janeiro de 1988. Meu namorado e eu juntamos alguns trocados e, a bordo de um Corcel verde-claro, saímos de Porto Alegre rumo ao Chile – o plano era atravessar a cordilheira dos Andes, indo direto até Mendoza, sem dar muita bola para o que houvesse no meio do caminho. E assim foi.

Um lugar na janela 3

Uns vinte dias depois, deixamos Osorno, atravessamos a cordilheira de volta, rodamos vários quilômetros e embarcamos o Corcel num ferryboat: atracamos em Buenos Aires, enfim. Ficamos hospedados em uma pousada modesta. Dava para ir a pé até um parque, que não era o da Recoleta. Mas fomos, lógico, até a Recoleta e a seu cemitério, cujos mausoléus me causaram forte impressão. Fomos ao bairro de La Boca, percorremos o Caminito e me encantei com a intensidade de suas cores. Fomos à Feira de San Telmo, onde comprei uma garrafinha antiga de Coca-Cola que ainda mantenho sobre a mesa da cozinha (seu conteúdo deve ser hoje uma arma letal). Certamente tomamos bom vinho e comemos alguma carne exuberante e malpassada, e voltamos, e nos casamos, e tenho fotos de tudo: da viagem e do casamento.

A terceira vez foi no inverno de 2008. Vinte anos depois da vez anterior, viajamos só eu e minha primogênita, cujo pai, aquele namorado do blusão, já havia se tornado meu ex-marido e um bom amigo. Julia iria completar dezessete anos e demonstrou o desejo de conhecer a Argentina, e como eu nunca fui muito criativa para dar presentes, mordi a isca: quem sabe na companhia da minha filha eu cairia, finalmente, de amores pela nação portenha?

Ficamos num hotel mediano, no centro. Choveu quase o tempo inteiro de nossos quatro dias. Na primeira noite, jantamos no Puerto Madero e a comida pareceu ótima, mas Julia acordou com uma virose na manhã seguinte. Medicada, conseguiu me acompanhar em alguns passeios, mas não com o melhor dos humores. Fomos ao Malba (Museu de Arte Latino-Americana) para contemplar o *Abaporu* de Tarsila do Amaral. Chovia. Demos uma caminhada rápida pela Recoleta, rápida mesmo, pois, como disse, chovia. Estivemos em Palermo, gostei do astral de Palermo, mas o taxista nos roubou na hora de cobrar a corrida e preferi não discutir com ele. Comprei para mim um casaco bacana que a Julia usou por muitos anos. Visitamos a El Ateneo, livraria espetacular localizada num antigo teatro. Estivemos, no sábado à noite, em um espetáculo de tango, onde nos sentamos de frente uma para a outra numa longa mesa comunitária, e mesmo assim não foi barato. A comida não estava o bicho e o show foi protocolar, sem emoção, para turista ticar a lista: está visto o tango. No domingo, antes de ir para o aeroporto, Feira de San Telmo, claro. Um casal dançava, na rua, um tango mais bonito e pulsante do que no espetáculo da noite anterior. Tomamos alguma coisa num café pitoresco. Comprei uma bolsa vermelha que nunca usei, e a Julia também não.

Estou parecendo de má vontade? Calma. Teve a quarta vez.

Julho de 2018. Eu estava no início do namoro com Pedro, início mesmo, acho que estávamos há uns vinte dias juntos e ele me declarou todo seu amor – por Buenos Aires, claro. Eu estaria disposta a visitar a cidade do seu coração? O convite era irrecusável, então não recusei. Tudo o que dizia respeito ao coração dele me interessava.

Aterrissamos no aeroporto de Ezeiza e seguimos direto para o hotel que ele havia reservado, simplesmente o Alvear. O homem estava bem-intencionado. Contextualizando: o Alvear é referência em luxo e sofisticação, com seus corredores atapetados, decoração francesa e amplas suítes nos andares mais altos, com vista para a cidade – a nossa era no décimo, Pedro não economizou. Mas, por mim, teria largado minha mala no bar do térreo e acampado por lá mesmo: o ambiente era escandalosamente belo, com um balcão e um bar em madeira maciça que impunham respeito, sem falar no lustre, que não devia nada aos de Versalhes. Nossos melhores papos foram ali, regados a Angelica Zapata.

Não sei que maldita nuvem negra eu carrego quando embarco para B.A, mas o fato é que o tempo não ajudou, céu cinzento e garoa fina, e fui acometida por uma gripe cinco estrelas, tudo o que não se deseja na primeira lua de mel com o novo namorado. Ainda assim, me esforcei e acompanhei Pedro nos ótimos programas musicais que ele havia agendado para nós.

Abro um parêntese aqui. Não lembro quem me disse, se foi um namorado da adolescência, se foi uma astróloga, se foi minha mãe: "Martha, tu és um tango argentino". Naturalmente, a frase estava relacionada ao meu jeito de lidar com as emoções. Elogio ou crítica? Acho que era uma crítica travestida de elogio. Alguém estava dizendo que eu era exagerada, dramática, densa – mas antes isso do que ser uma songamonga, você há de concordar. Um tango é um tango. *Inolvidable.*

Portanto, foi total a minha boa vontade com os dois espetáculos de tango que Pedro havia reservado: um mais tradicional, em ambiente chique, com bailarinos formidáveis e números de tirar o fôlego (*Rojo Tango*, no hotel Faena) e outro mais alternativo, um grupo musical (Orquestra Fernández Fierro) composto por doze tipos com pinta de roqueiros bárbaros, neandertais manejando violinos e bandoneons ao lado de uma jovem intérprete que cantava com o nervo exposto, todos eles fazendo do tango não apenas uma declaração sofrida de amor, mas uma reivindicação social de uma amplitude quase presunçosa – o tango como expressão máxima do que nos transforma em fêmeas e machos, do que nos altera, nos encoraja, nos arrebata. O tango não só como manifestação sexual, mas também de cidadania, o tango como propulsor de uma mudança urgente que inicia na corrente sanguínea e acaba sei lá onde, acho que simplesmente não acaba: um tango puxa o outro.

No primeiro espetáculo, sala aconchegante e sofisticada, eu de vestido de tule e meia-calça, bebericando um vinho de muitos pesos, e 24 horas depois, de jeans e jaqueta de couro, em uma garagem gélida, sem ar-condicionado, me emborrachando com vinho barato – me pergunte se gosto de contrastes. Em cada um daqueles ambientes antagônicos, o tango seduzia, injetava sensualidade, dramaticidade, o inevitável chamamento ao coração. Como se dissesse: ei, você aí na plateia, não pense: sinta! *Con fuerza!*

Entre outras programas, lembro de termos almoçado superbem no simpático Lo de Jesús, em Palermo, e de termos cumprido a agenda obrigatória: cemitério da Recoleta, El Ateneo, passeios pelas ruas do centro, o Malba, a Feira de San Telmo, o shopping Patio Bullrich, alguns bares modernos, e dei nota dez pra tudo, principalmente para a companhia do Pedro, que se desdobrou para que tudo saísse perfeito. Passamos no teste e estamos juntos até hoje. Ele segue amando Buenos Aires e eu sigo tendo uma relação cordial com a capital argentina, e não mais que isso. Não cortaria os pulsos se um anjo torto viesse me comunicar que por aquelas bandas não voltarei, mas sei que a vida é surpreendente e pode inclusive nos constranger, subvertendo as intuições equivocadas. Talvez eu retorne muitas outras vezes, talvez uma de minhas filhas venha a morar em Buenos Aires, ou uma neta, uma melhor amiga. Talvez eu lance livros por lá, talvez eu conheça uma senhora argentina que me deixe de herança uma estância nas imediações, talvez o Ricardo

Darín atue em uma peça com texto de minha autoria e fiquemos íntimos. Ué, por que não?

Hoje o tango não representa mais o que sou. Drama combina com palco, não mais com minha vida emocional. *Adiós*, tango. Passadas mais leves, rostos menos tensos, menos sangue, mais jinga, mais bossa, mais molecagem, mais sacanagem, mais hoje, menos eternidade. Mas ainda tenho planos de conhecer a Patagônia, e, para chegar até o extremo sul da Argentina, uma conexão em Buenos Aires será inevitável. Se o Darín não me chamar antes.

SAPUCAÍ EM CUSCO

00:00. Os relógios digitais avisaram: meia-noite. Luzes no céu, barulheira de fogos, cães e gatos de mau humor, seres humanos em festa. 2019 havia terminado, adeus ano velho, hora de receber o novo ano, que jamais imaginaríamos que fosse entrar para a história. Naqueles primeiros minutos da primeira madrugada de janeiro de 2020, ainda ousávamos fazer planos. Pedro estaria de aniversário no mês seguinte, em 23 de fevereiro. E tirou da cartola uma boa desculpa para viajar: "Quando fiz 21, eu estava em Cusco. Agora vou fazer 61 e gostaria de comemorar lá de novo. Vamos?". Não entendi direito a lógica daquele resgate quarenta anos depois, mas qualquer álibi serve para tirar o mofo do passaporte. Vamos, claro que vamos. E dei um longo gole, esvaziando o primeiro cálice de espumante.

No dia seguinte, começamos a pesquisar as passagens e hotéis. Seria uma semaninha sem Machu Picchu incluído, pois ambos já havíamos estado na cidade perdida dos incas e a ideia era aproveitar a gastronomia e os tesouros arqueológicos de Cusco mesmo, sem aventuras que exigissem muito dos joelhos. O ano recém iniciava, não precisávamos nos afobar, outras viagens viriam (ah, a inocência... enquanto isso, os dados rolavam nos bastidores do universo).

Só mais adiante é que percebemos que o período que ficaríamos fora do Brasil coincidiria com o carnaval, e nos pareceu uma sorte ficar afastados do ziriguidum. Viajar ao Peru nos faria transgredir o feriadão mais excitante do calendário brasileiro. O silêncio e a paz dos Andes nos aguardavam.

Depois de quatro horas e meia viajando entre Porto Alegre e Lima, emendamos com um voo de mais uma hora até Cusco e, conforme o planejado, em 21 de fevereiro, antevéspera do aniversário de Pedro, nos acomodamos no clássico hotel Aranwa, a duas quadras da Plaza de Armas, ponto referencial da cidade. Minutos depois, já estávamos na rua, sentindo no rosto o ar gelado de doze graus, uma contravenção do verão em andamento. Era cedo ainda para um vinho, e nem era recomendável beber álcool antes que nos acostumássemos com os 3.400 metros de altitude local, então começamos devagar, com um expresso e um suco de morango, e bastante caminhada para desenferrujar as pernas.

A noite chegou ainda mais fresca e nos encontrou com fome de verdade, e quis o destino que estivéssemos diante da porta do agradável restaurante Cicciolina, que ainda não estava lotado como de costume. Conseguimos uma mesa bem ao lado de um janelão. Conversa vai, conversa vem, "a carta de vinhos, por favor". Porto Alegre, só para registro, fica a dez metros acima do nível do mar. Guarde essa informação para daqui a pouco.

Começamos com um carpaccio de alpaca e depois vieram deliciosas batatas e não lembro mais o quê. A vela sobre a mesa ia diminuindo de tamanho enquanto a música aumentava de volume, assim como o número de vozes animadas em volta – a essa altura não cabia mais nem um percevejo lá dentro. Foi só uma garrafa de malbec, tenho quase certeza. Talvez um pisco sour antes. Ou dois.

Saímos abraçados, caminhando até o hotel, felizes como se pode ser feliz na primeira noite do início de uma viagem, e nada aconteceu que cortasse nosso barato, chegamos intactos e despencamos sobre a cama mais confortável de nossas vidas, o edredom tinha uns trinta centímetros de espessura. Desaparecemos sob as cobertas.

No meio da madrugada, acordei. Fui até o banheiro, eu que jamais vou ao banheiro no meio da noite. Não voltei. Pedro me chamou. Nada. Chamou de novo. Eu estava sentada sobre os azulejos do chão. Tentei abrir a porta. Não consegui. Pedro veio em meu socorro. Não vi mais nada. Teto.

Um lugar na janela 3

Quando voltei à consciência, segundos depois, estava sendo carregada no colo até a cama. Pedro nervoso como nunca vi antes, vou atrás de um médico, disse ele. Bobagem, se deite aí, homem, estou ótima. Peguei no sono feito uma princesa da Disney e acordei na manhã seguinte revitalizada como se tivesse dormido cem anos. Pedro não pregou o olho, em vigília.

Oito da manhã. Humor: excelente. Movimentos: estáveis. Energia: plena. Respirando. Vamos continuar a viagem? Prometi a Pedro que procuraria um neurologista assim que voltasse ao Brasil, ainda que o diagnóstico me parecesse óbvio: ninguém dá um saltinho de dez para 3.400 metros de altitude sem ao menos uma tontura antes de se acostumar. Se estiver de pileque, aí ferrou: pane no sistema.

Depois do café da manhã reforçado, um táxi nos levou até o Sacsayhuaman, antiga fortaleza inca que fica no alto da cidade, onde alpacas e lhamas circulam livremente. Seres humanos, naquele dia, quase nenhum – continuava frio. Depois de admirar as enormes pedras das ruínas do local, descemos a pé as ladeiras que conduzem ao centro da cidade e procuramos abrigo na catedral, que eu já havia conhecido em 2012. Não lembrava a suntuosidade da sua coleção de altares, sacristias e capelas em ouro e prata, é a caverna do Ali Babá. Uma das mais belas basílicas do mundo.

Mesmo me sentindo bem, procurei não me esforçar, então me dei por satisfeita em almoçar no excelente Chicha, seguida de uma sesta espichada no hotel, depois jantar no Limo e voltar para a cama de novo. No Limo foi só um cálice, filho único da minha avidez, e a madrugada transcorreu sem nenhuma cena de suspense.

Amanheceu o dia 23, dia dos *cumpleaños* do Pedrito, *que los cumpla feliz*! O céu azul e a temperatura amena nos chamaram para a rua e às dez da manhã estávamos na Plaza de Armas assistindo as primeiras movimentações do que viria a ser o domingo de carnaval de Cusco. Pois é, eles festejam também. Silêncio e paz cancelados.

A arquibancada de madeira provisoriamente instalada em frente à catedral ainda estava praticamente vazia. Deduzi que haveria um desfile, mas por onde chegariam os blocos, e quando? Foi quando vi, ao fundo de uma rua (não há circulação de carros nas vias próximas à Plaza de Armas), várias cholas (mulheres mestiças e indígenas) aproximando-se em fila, em trajes típicos e com adereços mais exagerados do que os que usam em dias normais. Algumas pessoas tocavam instrumentos, mas tudo ainda muito tímido, uma animação meia boca. Não tínhamos pressa nem outro local para onde ir, então ali ficamos e nossa permanência foi recompensada: aos poucos foram chegando mais e mais participantes da festa. Não parecia um evento patrocinado, não havia câmeras de televisão, a motivação vinha de uma alegria diferente da nossa. No Brasil há o extravasamento, o erotismo, a nudez, a devoção ao profano. Em Cusco, os corpos se mantinham cobertos e os sorrisos, acanhados. Dançava-se no ritmo imposto pelas bandinhas, tudo muito familiar, sem nenhum atrevimento individual. A pureza é que parecia obscena.

Era só o começo. Novos grupos foram se formando. Mulheres com saias rodadas coloridas, colares com penachos coloridos, capas coloridas, grampos e enfeites de cabelos também coloridos, e se insisto no mesmo adjetivo é para ressaltar que as cores iam além do arco-íris, eram combinações elétricas e gritantes, que contrastavam com as pedras incas e as madeiras escuras da colonização espanhola. De outro lado, chegavam homens usando enormes máscaras e batendo forte em bumbos de vários tamanhos, e outros representantes do folclore e da tradição andina, e o ambiente começou a ficar festivo de fato, emocionante. Não queríamos mais sair do meio daquela farra, mas tivemos que mudar de planos.

Bzzzzzzzz. Escutei o ruído. Um jato. Virei para o lado e vi uma criança com o cabelo respingado por uma espuma branca. Bzzzzz de novo, e um turista teve sua mochila atingida. Logo entendi. Brincadeira pra quem é de brincadeira, mas se tem ameaça envolvida, mesmo inocente, pego o atalho mais perto. Vi uma mesa vazia na sacada do primeiro andar do Café Capuccino. Pedro acompanhou meu olhar e nem piscou, me puxou pela mão e em menos de um minuto subíamos as escadas internas do bar e alcançávamos aquela providencial mesa ao ar livre, nosso camarote de frente para a batalha campal que iniciava: de repente, todos os seres vivos que estavam na Plaza de Armas tinham um spray na mão. Não era lança-perfume. Borrifavam neve artificial, misturas de água e talco, essas gororobas inofensivas de baile infantil.

Foi divertido. Alguns transeuntes tentavam se esconder atrás de postes ou atrás dos amigos, inutilmente. Mulheres procuravam proteger o cabelo, mas logo aderiam à folia, não havia como escapar. Todos acabavam atingidos pelos sprays, bastava ter um pedaço do corpo seco para que um engraçadinho chegasse bem perto e bzzzzz. Não demorou para que não se conseguisse mais definir a cor de uma única camiseta, estavam todos brancos de espuma, dos pés à cabeça, só os olhos de fora: milhares de moradores e turistas unidos pela lambança geral. Foi divertido porque estávamos a salvo, fotografando a uma distância segura toda aquela algazarra (acabo de adquirir mais algumas mechas de cabelo branco por usar essa palavra).

Os gritinhos, as gargalhadas e as músicas tradicionais, tocadas em instrumentos de sopro ou de cordas, começaram a se misturar com uma batida rave que saía de caixas de som espalhadas pelo imenso quadrilátero central. Zoeira da boa, mas nossos estômagos também começaram a fazer barulho e resolvemos vazar dali, rumo a um restaurante que não ficava longe. Seria um risco, mas não podíamos continuar reféns em nossa torre no castelo. Pedro puxou o capuz do seu casaco e cobriu a cabeça. Eu prendi o cabelo num rabo de cavalo e me enrolei numa echarpe. Os tubos de spray já estavam quase vazios àquela hora, mas não convinha chamar a atenção. A ideia era descer do bar e nos deslocarmos lá embaixo, deslizando rente às paredes feito lagartixas, e foi o que fizemos, até que a parede acabou e só nos restou a única saída digna: correr.

Conseguimos chegar ao restaurante Incanto com apenas alguns respingos e a sensação de termos quebrado alguns recordes naquela rápida corrida para salvar nossa pele. Parecíamos ter menos de trinta anos. Há modos e modos de rejuvenescer, inclusive no dia do aniversário.

À tardinha, a cidade estava mais calma e caminhamos até o bairro de San Blas, ponto alto da cidade nos dois sentidos: geográfico e baladeiro. E tudo terminou com uma sopa de cebola já tarde da noite, nas cercanias da pequena e charmosa Plaza Nazarenas. Não foi uma noite na Sapucaí, nem foi o maior espetáculo da Terra, mesmo assim, a vida generosamente estendeu sua mão e nos retirou da arquibancada para nos fazer cair na avenida – que é o que qualquer viagem faz com a gente.

❖

Ainda passamos três dias em Lima, aproveitando as tardes quentes na beira da piscina do hotel, rente às falésias. De vez em quando, desviávamos o olhar do mar para xeretar nossos celulares, que avisavam sobre o avanço de um vírus surgido na China. Ao embarcarmos no voo de volta ao Brasil, percebemos cinco ou seis passageiros usando máscara. Que exagerados, pensamos.

Ao chegar em Porto Alegre, não consultei o neurologista, como prometido, porque os hospitais já não aceitavam consultas eletivas, estavam desnorteados atendendo aos primeiros casos de covid. Só voltamos a entrar num avião dois anos depois.

PRAGA E BERLIM, ANTES E DEPOIS

Era outubro de 1989 e o muro de Berlim continuava em pé – viria abaixo em poucas semanas, mas eu ainda não sabia. O mundo estava vivendo os últimos dias da crise que levou à extinção do bloco socialista no Leste Europeu e eu estava lá, na Europa, a tempo de conhecer duas grandes metrópoles – Praga e Berlim – que viviam sob um regime sem liberdade política individual. Não sei como avaliar profundamente as condições de vida entre os dois sistemas distintos, falo como turista: nos três dias em que estive em Praga, era possível sentir sua atmosfera pesada. Eu vinha de Budapeste, que já havia liberado suas fronteiras e respirava os primeiros ares da abertura econômica, mas Praga ainda estava no breu: inegavelmente bela, porém soturna, fechada em si mesma, despreparada para receber visitantes. Era difícil encontrar um local agradável para comer, e os raros restaurantes que visitei mantinham cardápios sem qualquer tradução para outro idioma. Nas salas de cinema, filmes que haviam feito sucesso décadas antes eram lançados como novidade. Na exuberante ponte Carlos, alguns poucos jovens portavam equipamentos de som defasados e escutavam Beatles. Nada contra os Beatles, era só o que faltava, mas as opções de música pop eram Beatles, Beatles ou Beatles. Não havia lojas de discos, apenas uma ou outra livraria cheirando a mofo. Rádios e tevês sob controle do Estado. No hotel em que fiquei, a água quente era racionada. Percorri os três andares da única loja de departamentos da cidade e a impressão que tive era que havia voltado para os anos 40, parecia mais um museu do que um ponto comercial. Roupas e mobiliários com privação absoluta de cores, tudo era marrom, ou assim me parecia. Me senti circulando por um filme noir, o que seria interessante do ponto de vista fotográfico, mas a realidade produzia uma sensação claustrofóbica. A chuva torrencial que não parou nem por um segundo também teve responsabilidade na minha avaliação desfavorável. O céu azul era cinzento, as árvores verdes eram cinzentas. Praga me recebeu sem luz. Talvez eu estivesse lá durante um feriado que eu ignorava, não era possível que as avenidas estivessem tão vazias, com tão pouca gente a cruzar por mim, e sempre olhando para o chão. Visitei o belo Museu Nacional de Praga e dei a viagem por concluída.

 A primeira e única taquicardia em Praga se deu na estação ferroviária, antes de embarcar para Berlim.

Faltando dez minutos para o trem partir, descobri que não bastava ter a passagem em mãos, era preciso pagar a reserva da cabine, e corri para um guichê. Não era aquele. Corri para outro. Fila. Chorei, ou quase. Até que um garoto finlandês de boa alma me ajudou a agilizar o trâmite. Feito? Yes! Corremos juntos em disparada até a plataforma, ele também ia para Berlim. Ao ver nosso trem de longe, tensão: os passageiros já abanavam da janela para os familiares que ficavam. Entrei no vagão feito um raio, atrasada como jamais estive na vida, até para nascer eu cheguei antes da hora.

O finlandês chamava-se Aki e nos acomodamos na mesma cabine, onde já havia um garoto e uma garota. Os três eram mais jovens que eu, ou seja, eram estupidamente jovens e já estavam pra lá de bêbados, Aki inclusive. E continuaram bebendo a viagem inteira, retirando várias garrafas de cerveja quente de suas mochilas. Houve uma tentativa de conversa entre nós quatro, até que os bebuns apagaram e eu fiquei olhando o tempo passar pela janela, um tempo arrastado, infinito. Lá pelas tantas, o trem começou a perder velocidade, preparando-se para entrar em Berlim Oriental. Aí minha memória fica difusa, não lembro se houve uma parada anterior, só o que recordo é que ao sair do trem estávamos em Checkpoint Charlie, posto militar de fiscalização de passagem entre as duas fronteiras. Meu destino era Berlim Ocidental, então gastei um bom par de horas na apresentação de documentos e na revista obrigatória, procedimentos antipáticos de recepção. Percebi que as paredes eram metálicas, com a aparência de provisórias, sem a robustez que eu imaginava encontrar num posto tão vigiado. E era de cortar o coração as cenas de despedida que aconteciam ali, gente com autorização para atravessar para o outro lado abraçando gente obrigada a ficar, sem saber quando e onde se reencontrariam. Mal sabiam que dali a poucos dias estariam abraçados novamente, comemorando a queda do famigerado muro.

Já eu me reencontrava com o capitalismo. Depois de Praga, hospedar-se em Berlim Ocidental era como estar numa rave frenética. Shows, parques, exposições, bares, moda, restaurantes. Fiquei hospedada numa pousada bem pertinho da avenida Kurfürstendamm, carinhosamente chamada de Kudamm pelos nativos, e a Frau Charlotte, proprietária do local, parecia escancarar uma janela imaginária a cada vez que entrava sorrindo na sala de refeições com seu *Guten Morgen* bem pronunciado, deixando em cada mesa uma fartura de pães e geleias.

Mas eu não queria apenas cruzar por Berlim Oriental, pretendia dar uma espiada mais demorada nela, então me inscrevi numa excursão de ônibus exclusiva para turistas, e mais uma vez testemunhei o gritante silêncio das ruas, os prédios austeros, os parques sem flores, as poucas ofertas de lugares para consumo, nenhuma publicidade. Era proibido sair do veículo, a não ser para entrar no magnífico Pergamon Museum, com seu estupendo acervo de arte islâmica e a impactante Porta de Ishtar, construída por volta de 575 a.C. por Nabucodonosor. De resto, era olhar Berlim Oriental da janelinha. A mesma sisudez de Praga.

Impacto mesmo senti ao chegar perto do muro, no dia seguinte, durante uma caminhada pelas ruas ocidentais. O intenso e alegre movimento de pedestres foi se transformando, aos poucos, numa quietude reverente, como se houvesse por ali um local sagrado, e então ele surgiu na minha frente. Uma fortificação de quase quatro metros de altura e 43 quilômetros de extensão dentro da cidade, interrompendo linhas de ônibus, avenidas, conexões. Não era possível tocar no muro, havia uma pequena barreira de aço que mantinha os transeuntes a alguns metros de distância. O rio Spree passava ao lado, e lanchas com policiais armados fiscalizavam suas margens. Num pequeno terreno ribeirinho, havia meia dúzia de cruzes brancas enterradas no solo, em homenagem aos que morreram naquele ponto, numa tentativa frustrada de fuga a nado. No total, durante os 28 anos de existência do muro, 140 pessoas perderam a vida buscando escapar. Mais de cinco mil conseguiram.

Dias depois, de volta ao Brasil, foi com o coração disparado que assisti pela televisão às cenas da histórica noite de 9 de novembro, quando, pressionado por uma grande manifestação popular ocorrida dias antes, um porta-voz do governo da Alemanha Oriental deu uma entrevista ao vivo para uma rádio e, sem antes checar com seus chefes, leu um ofício que dizia: "As viagens particulares para fora do país podem ser solicitadas sem pré-requisitos". Não era bem assim, nem era para ser tão rápido, mas minutos depois uma massa de jovens escalava o muro com pás e picaretas, derrubando o passado e fundando um novo futuro. Que emoção. As duas Alemanhas reunidas, menos de vinte dias depois de eu ter conhecido de perto aquele muro estúpido.

E o tempo passou. Só em agosto de 2018, quase trinta anos depois, eu voltaria a Berlim e a Praga também. Estava ansiosa pelo reencontro, mas nunca pareceu que era minha segunda vez, em tudo parecia uma estreia.

A hospedagem na modesta pousada de Frau Charlotte, em Berlim, foi substituída pelo Rocco Forte, hotel cinco estrelas perto da ilha dos museus, com um rooftop espetacular, daqueles que nos fazem acreditar que vencemos na vida. Pedro e eu penduramos nossas roupas no armário do quarto e fomos tomar um drinque lá em cima, enquanto analisávamos o mapa da enorme cidade reunificada, duas Berlim numa só, e admito que me senti perdida e miúda, era como se nunca houvesse estado lá antes. Pedro sentia o mesmo, só que, de fato, nunca estivera.

Então demos a inevitável caminhada de reconhecimento pelas redondezas. Sabíamos que o hotel estava próximo de pontos turísticos, mas nada é realmente próximo nessa região e até mesmo atravessar uma rua exige preparo físico, tal a largura das esplanadas e avenidas. Os prédios dos museus são faraônicos, mas o primeiro deslumbramento foi diante da lindíssima catedral em estilo barroco e renascentista. Sentamos sobre a grama do parque que fica em frente e dali admiramos a incrível edificação que foi duramente afetada pelos bombardeios da Segunda Guerra, mas recuperada e devolvida à cidade em 1993. Seu interior é de tirar o fôlego: a altura da cúpula, as capelas, o memorial, os túmulos em ouro, as colunas, os candelabros, o órgão, tudo em dimensões monumentais, um gigantismo que encanta e oprime ao mesmo tempo.

Seguimos caminhando até o rio Spree, logo atrás da catedral e, em contraste com o classicismo religioso, encontramos uma garotada descolada que tocava e cantava para os pedestres naquele ameno final de tarde ensolarado. Sempre paro, escuto e aplaudo: músicos de rua me comovem, fazem minha alma dançar. E deixo moedas em retribuição, claro. Será que os músicos ainda abrem na calçada os cases onde guardam seus instrumentos? Mais fácil fazer um pix.

Perambulando por ali, encontramos na Rathausstrasse uma simpática trattoria italiana chamada Piazza Rossa e demos início à aventura gastronômica na contramão da culinária alemã, ou seja, em vez de schnitzel e apfelstrudel, teve pizza margarita e muita tagarelice noite adentro (num mesmo parágrafo, escrevi Rathausstrasse, schnitzel e apfelstrudel – nunca me acostumarei com o excesso de consoantes, essas palavras difíceis de escrever e mais ainda de pronunciar, passei a viagem inteira com saudade das vogais).

Na manhã seguinte, enfrentamos uma longa fila para entrar no Pergamon (o mesmo museu que eu havia visitado em 1989) e visitamos também o Neues Museum, com muitas coleções pré-históricas e da história recente, mas o que eu queria ver, mesmo, era o busto da Nefertiti, rainha do Antigo Egito, ícone da beleza, que fica numa sala especial, protegida por uma redoma de vidro. E foi ali, enquanto contemplava aquela maravilha, que escutei alguém falar em português sobre um show que haveria na cidade dali a dois dias. Será que eu havia entendido direito? Abri o Google e encontrei a notícia: U2 ao vivo em Berlim no sábado dia 1º de setembro. Estávamos em 30 de agosto.

Tentei comprar ingressos on-line e, claro, deu tudo errado, não compreendia nada, nem mesmo se o show já estava esgotado. Pedro, longe de ser roqueiro, mas generoso como sempre, foi quem teve a ideia de voltar ao hotel e pedir ao concierge para desembrulhar esse enrosco. E foi o que fizemos. Chegando lá, atravessei o lobby e me joguei sobre o balcão como uma mendiga faminta: por favor, consiga dois ingressos, nem que seja na última fila, ao lado do banheiro. O recepcionista chamou o concierge e explicou nossa situação. Então ele fez sinal para que aguardássemos e sumiu numa saleta. Eu nem sou tão apaixonada assim pelo U2, mas fiquei tentada a trair os músicos de rua. Sempre admirei Bono Vox e a banda tem cinco ou seis músicas que gosto de verdade. Além do mais, puxa, estávamos em Berlim, e assistir a um espetáculo desse porte na Europa é sempre uma experiência. Longos minutos depois, o concierge retornou com a notícia: não tinha mais nenhum ingresso à venda na plateia. "*Scheisse!*" É um palavrão alemão, mas exclamei em português.

Agradecemos a tentativa do moço e começávamos a dar as costas quando ele interrompeu nossa saída. "Porém, há dois lugares na área vip. Quase dentro do palco." E nos falou o preço. Fiquei lívida. Era um roubo. Olhei para o Pedro e disse "Vamos deixar pra lá", mas, para meu namorado não existe jogo perdido, e ele pôs--se a discursar sobre oportunidades que não se repetem e sobre o quanto é importante, de vez em quando, nos libertarmos do racionalismo a fim de curtir o que a vida tem de melhor, e que eu não deveria converter o valor em reais, senão eu não tomaria mais nem um copo d'água até o final da viagem, mas o argumento definitivo, aquele que me convenceu, veio em duas palavras: "Eu pago". Respondi a ele com a mesma concisão: "Te amo".

Horas depois, os ingressos chegavam ao hotel. Coloquei-os no cofre.

E seguimos explorando a cidade. Estivemos no Hackesche Höfe, um complexo que consiste em oito pátios interligados, cercados por lojas, cinemas, teatros e restaurantes (no Oxymoron, comi um saboroso ravióli de abacate, nem sabia que ravióli de abacate existia). Visitamos, claro, o Portão de Brandemburgo, antiga porta da cidade e hoje um dos seus marcos simbólicos, e logo ao lado o impressionante Memorial aos Judeus Mortos na Europa, também chamado de Memorial do Holocausto, inaugurado em maio de 2005. São quase três mil blocos de concreto distribuídos em fileiras, como num cemitério. Tudo a céu aberto e com um solo desnivelado, que faz com que você se sinta levemente nauseado ao caminhar por seus corredores. Essa instabilidade é intencional, segundo o arquiteto americano Peter Eisenman. Ao idealizar o projeto, ele quis provocar uma atmosfera confusa e intranquila, o que de fato acontece. Pode-se acessar o local dia e noite, livremente.

E então um pouquinho de futilidade: pegamos um táxi rumo à Kudamm, a principal avenida comercial, e conhecemos o shopping Bikini Berlin, e como o zoológico ficava por ali, demos uma passada a fim de acenar para os pandas e gorilas, e tudo terminou no Neni, restaurante árabe que fica no último andar do Hotel 25 Hours. Tudo agradável: o visual lá de cima, a comida, a música.

    Visitamos também o Parlamento Alemão (Reichstag) e sua belíssima cúpula envidraçada, construída durante a revitalização do prédio. A visita deve ser agendada com antecedência através de um site (o Google passa a informação), basta preencher um formulário, coisa simples c rápida. É um prédio futurista cujo terraço permite uma vista panorâmica de 360 graus da cidade, não apenas do distrito governamental. Mas o mais emocionante aconteceu do lado de fora do prédio, ao cair da noite, quando nos sentamos nos degraus de uma escadaria ao ar livre para assistir, por trinta minutos, a projeção, em uma tela gigantesca, de um vídeo que destacava os principais fatos políticos desde o fim do século XIX: a República de Weimar, o período nazista, a Segunda Guerra Mundial, a divisão da Alemanha, até chegar à reunificação. Tudo com muita música, luzes e tradução simultânea em dez idiomas, via aplicativo. Foi emocionante. Turistas e moradores formavam uma mesma plateia interessada em olhar para trás. Berlim hoje é uma metrópole jovem e arejada, mas não permite que nenhum de seus cidadãos esqueça que ela já foi sombria, sisuda e criminosa. Alienação, nem pensar. Sua história está não apenas dentro de museus, mas escancarada nas ruas.

Dali saímos em busca de um restaurante, e acabamos no Bocca di Bacco, um italiano que nos foi bem recomendado, onde comi um risoto de morangos inesquecível. Pois é, italiano, de novo. Vou ficar devendo o nome de algumas tavernas típicas locais.

Mas e o show? Então. No sábado de manhã, Pedro foi visitar o Museu de História e eu fui bisbilhotar umas lojinhas do bairro de Mitte (sempre reservo um período para dar uma circulada sozinha, pois não consigo comprar nem uma camiseta com alguém ao lado). Enfim, comprei uma bolsa sem nenhum charme especial, mas absolutamente prática e que uso até hoje, e à tarde já estávamos juntos novamente, matando o tempo no esplêndido rooftop do hotel, nosso "esquenta" antes de encontrar Bono Vox. Fomos de táxi até o Mercedes-Benz Arena, ainda era dia quando lá chegamos. Lugar bacana: dependências amplas, bar e banheiros impecáveis, tudo muito organizado. Então entramos no espaço destinado ao show e nossos lugares eram, de fato, um luxo. Estávamos na lateral do palco, em cadeiras confortáveis e a poucos metros da banda, tão alinhados que se esticássemos os braços poderíamos ser cumprimentados por The Edge – exagerando, mas não muito. A pista estava repleta, mas ninguém espremido. Nas arquibancadas, pessoas ainda em pé, conversando. Do teto, pendiam enormes telas de led que revezavam mensagens pró-empoderamento feminino e antirracistas. A atmosfera estava perfeita e eu me sentia feliz, com aquela expectativa boa que antecede os grandes momentos. Então, na hora marcada, as luzes se apagaram e uma inesperada passarela aérea sobrevoou o público conduzindo os quatro integrantes da banda até o palco, com Bono já com as duas mãos agarradas ao microfone e iniciando a primeira música *a capella*. Assim que pisaram o chão firme e de posse de seus instrumentos, a sonzeira começou. Bono terminou a primeira canção e emendou com a segunda, e então a terceira. O público estava começando a aquecer quando a quarta canção foi encerrada com certa rapidez. E Bono se retirou do palco. Ué. Uns minutos depois, os outros integrantes deixaram o palco também. Olhei para os lados e vi que o público se mantinha bastante calmo, não deveria ser nenhuma ameaça de bomba ou equivalente. Mas normal aquilo não estava. Fiquei a fim de me levantar e puxar um "Por que parou? Parou por quê?", mas me contive (mentira, não sou dessas). Será que daria tempo de eu ir ao banheiro e voltar? Fui. Deu. Nada acontecia. E isso era o que mais me intrigava, porque ninguém vaiava, ninguém parecia ansioso, só eu roía as unhas, enquanto Pedro fazia cálculos mentais sobre o preço que havia pagado pelos ingressos. Até que todas as luzes se acenderam e um rapaz desconhecido aproximou-se do microfone e disse algumas palavras em alemão. Entendemos nada. Então falou em inglês algo que traduzimos como: "Infelizmente Bono Vox teve um problema com a voz e não poderá continuar o show. Passou por atendimento médico, mas não recebeu autorização para retornar ao palco. Os ingressos serão válidos para um novo show a ser marcado. Quem preferir a restituição do valor, basta consultar o site da banda. Desculpem o contratempo, obrigada pela compreensão, boa noite".

Agora seria a hora de o ginásio vir abaixo. Ou, no mínimo, de a plateia ecoar um longo murmúrio de desalento. Mas não se escutou o previsível "óóóóó" coletivo. Nem um *fuck* isolado. O pessoal se retirou do local sem demonstrar a menor inconformidade, numa educação invejável e meio irritante. Claro que Bono não tinha culpa – a não ser que tenha passado a madrugada anterior se esgoelando num bar. Enfim, foi apenas um contratempo, como definiu o arauto da má notícia. Um tremendo balde de água gelada. Sem parceria para lamúrias, a mim e Pedro restou a alternativa de rir da nossa falta de sorte. Ao menos vai ser uma história inusitada para contar, disse ele. Pois é, cá estou, contando.

Ainda sobrou tempo para conhecer o bairro de Kreuzberg e para nos comovermos no Memorial do Muro de Berlim, na Bernauerstrasse, área que mantém uma parte do muro em pé. A poucos metros, um centro de informações reúne fotos, reportagens e vídeos que trazem depoimentos dilacerantes sobre o que era viver na cidade dividida entre 1961 e 1989, e sobre como isso impactou o cotidiano da cidade e a alma dos alemães. Até hoje, nas fachadas dos prédios do bairro, painéis impressionantes registram a incredulidade de quem acordou na manhã de 13 de agosto de 1961 separado de seus familiares e amigos. É um soco. Não tem como não ficar mexido e envergonhado.

Para aliviar, ali por perto encontra-se o Mauerplatz, onde aos domingos é montado um mercado de pulgas adorável para quem gosta de garimpar roupas, bicar uns lanches e ver artistas amadores se apresentando – não vimos Bono Vox por lá, mas Pedro soltou os quadris ao som das maracas de uma banda latino-americana e acho que se divertiu mais do que se o show dos irlandeses tivesse ido em frente. Voltamos a pé pela bonita Overbergstrasse, paramos em um de seus deliciosos cafés e mais e mais pernada, até chegarmos, exaustos, ao hotel, a fim de arrumar as malas. Na manhã seguinte iríamos para Praga de trem.

Depois de cerca de quatro horas de viagem, eu estava de volta à cidade que não havia amado à primeira vista. Fizemos o check-in no moderno Boho Hotel, tomamos o prosecco de cortesia oferecido pelo gentil staff e fomos para a rua. Que lugar era aquele? Não era a Praga que eu havia conhecido antes. Em vez do aspecto soturno que minha memória registrava, vi uma cidade colorida e vibrante, até demais. Turistas a granel, a rodo, às pampas, por tudo, em todos os lugares. Caminhar pela ponte Carlos era um desafio, parecia a saída de um metrô japonês na hora do rush. Malditos extremos, quase tive saudade da melancolia cinzenta de 1989. Fomos procurar um lugar para comer e encontramos um restaurante italiano (o que posso fazer se tem um restaurante italiano em cada esquina da Europa?) bem em frente ao Orloj, o relógio astronômico medieval, de 1410, que foi instalado na parede sul da Prefeitura Municipal. E daí em diante deu-se mais uma peregrinação por essa que talvez seja a mais bela capital europeia.

Foram apenas três dias em Praga, que deixaram a impressão de uma cidade renascida e esfuziante. Destaco sua magnífica biblioteca Klementinum, seu histórico bairro judeu e algumas invencionices arquitetônicas, como o edifício de escritórios Fred & Ginger, conhecido como prédio dançante. Um dos arquitetos é o badalado Frank Gehry, do Guggenheim Bilbao e da Fundação Louis Vuitton, aclamado por desenhar estruturas que parecem estar em movimento. O outro arquiteto é Vlado Milunić, que aceitou a missão de criar um prédio que celebrasse a ruptura da sociedade tcheca com um passado totalitário. A dupla conseguiu fazer com o que o prédio exale alegria, simulando uma saia rodada. O resultado é polêmico, tem sido elogiado por uns e defenestrado por outros. Eu simpatizo com obras que interrompem um padrão. Elas dinamizam a cidade, desorganizam o olhar. Vale lembrar que a Torre Eiffel chegou a ser considerada um monstrengo quando foi construída, e hoje não concebemos Paris sem ela. Enfim, a única unanimidade sobre o projeto é o toque poético que recebeu ao ser batizado com os nomes do casal da era de ouro dos musicais de Hollywood, Fred Astaire e Ginger Rogers. O restaurante que fica no topo tem o mesmo nome e uma vista linda para o rio Moldava e para a região do castelo – estando por lá, não deixe de reservar uma mesa.

No total, foi uma viagem de apenas duas semanas marcada por reencontros preciosos. Primeiro, com a Julia (antes de chegar a Berlim fizemos um pit stop em Paris). Quem tem filhos morando fora sabe que cada vez que os encontramos é festa de réveillon, carnaval e aniversário, tudo junto. E teve o reencontro com duas cidades que se modificaram radicalmente durante o período de quase trinta anos que fiquei sem visitá-las. Cidades são cíclicas, evoluem e involuem conforme os governos, os humores, os maus-tratos, os investimentos. A Berlim bipolar que eu conheci em 1989, dividida por um muro grotesco, agora é uma só – com conquistas e problemas unificados. E Praga me pareceu outra, tão outra quanto eu, que tampouco continuo sendo a mesma mulher. O tempo pode fazer uma cidade aflorar ou murchar, assim como faz com as pessoas. A única certeza é que, mesmo quando retornamos (seja a lugares do nosso passado, ou a antigos amores, a sonhos interrompidos), ainda assim estamos seguindo em frente, nunca estamos no mesmo lugar.

lepmeditores
www.lpm.com.br
o site que conta tudo

IMPRESSÃO:

PALLOTTI
GRÁFICA

Santa Maria - RS | Fone: (55) 3220.4500
www.graficapallotti.com.br